Littérature d'Amérique

Collection dirigée par
Normand de Bellefeuille et
Isabelle Longpré

Du même auteur

Cette année s'envole ma jeunesse, récit, Québec Amérique, coll. « Littérature d'Amérique », Montréal, 2009.
> FINALISTE PRIX DU GOUVERNEUR GÉNÉRAL 2009

Ceci est mon corps, roman, Québec Amérique, coll. « Littérature d'Amérique », Montréal, 2008.
> FINALISTE PRIX DU GOUVERNEUR GÉNÉRAL 2008
> MENTION D'EXCELLENCE DE LA SOCIÉTÉ DES ÉCRIVAINS FRANCOPHONES D'AMÉRIQUE

Quand les pierres se mirent à rêver, poésie, Le Noroît, Montréal, 2007.

La Fabrication de l'aube, récit, Québec Amérique, coll. « Littérature d'Amérique », Montréal, 2007.
> PRIX DES LIBRAIRES DU QUÉBEC 2007

Voici nos pas sur la terre, poésie, Le Noroît, Montréal, 2006.

Le Jour des corneilles, roman, Les Allusifs, Montréal, 2004.
> PRIX FRANCE-QUÉBEC/JEAN HAMELIN 2005
> PRIX DU LIVRE FRANCOPHONE DE L'ANNÉE 2005, ISSY-LES-MOULINEAUX, FRANCE
> FINALISTE PRIX DES CINQ CONTINENTS 2005

Turkana Boy, roman, Québec Amérique, coll. « Littérature d'Amérique », Montréal, 2004.

Le Petit Pont de la Louve, roman, Québec Amérique, coll. « Littérature d'Amérique », Montréal, 2002.

Mon père est une chaise, roman jeunesse, Québec Amérique, coll. « Titan », Montréal, 2001.

Les Choses terrestres, roman, Québec Amérique, coll. « Littérature d'Amérique », Montréal, 2001.

Garage Molinari, roman, Québec Amérique, coll. « Littérature d'Amérique », Montréal, 1999.
> FINALISTE PRIX FRANCE-QUÉBEC

Comme enfant je suis cuit, roman, Québec Amérique, coll. « Littérature d'Amérique », Montréal, 1998.

Collaborations

Comment écrire un livre, nouvelle, dans *Ma librairie indépendante* (collectif), publié par l'Association des libraires du Québec à l'occasion de son 40ᵉ anniversaire, Montréal, 2010.

Hum..., texte d'humeur, Fides, dans *La Vie est belle !* (collectif), album de textes et de photographies par Isabelle Clément, Montréal, 2008.

Ici Radio-Canada – 50 ans de télévision française, ouvrage commandé par la Société Radio-Canada soulignant le 50ᵉ anniversaire de la télévision publique canadienne (en collaboration avec Gil Cimon), L'Homme, Montréal, 2002.

Le Chien qui voulait apprendre le twist et la rumba, nouvelle, dans *Récits de la fête* (collectif), Québec Amérique, Montréal, 2000.

Le temps
qui m'est donné

Catalogage avant publication de Bibliothèque et Archives nationales du Québec et Bibliothèque et Archives Canada

Beauchemin, Jean-François
Le temps qui m'est donné
(Littérature d'Amérique)
ISBN 978-2-7644-0761-5
1. Beauchemin, Jean-François   - Enfance et jeunesse - Romans, nouvelles, etc. I. Titre. II. Collection: Collection Littérature d'Amérique.

PS8553.E171T45 2010 C843'.54   C2010-941033-5
PS9553.E171T45 2010

 Conseil des Arts du Canada **Canada Council for the Arts**

Nous reconnaissons l'aide financière du gouvernement du Canada par l'entremise du Fonds du livre du Canada pour nos activités d'édition.

Gouvernement du Québec – Programme de crédit d'impôt pour l'édition de livres – Gestion SODEC.

Les Éditions Québec Amérique bénéficient du programme de subvention globale du Conseil des Arts du Canada. Elles tiennent également à remercier la SODEC pour son appui financier.

L'auteur remercie le Conseil des arts et des lettres du Québec pour son aide financière.

Québec Amérique
329, rue de la Commune Ouest, 3e étage
Montréal (Québec) Canada H2Y 2E1
Téléphone: 514 499-3000, télécopieur: 514 499-3010

Dépôt légal: 3e trimestre 2010
Bibliothèque nationale du Québec
Bibliothèque nationale du Canada

Mise en pages: André Vallée – Atelier typo Jane
Révision linguistique: Claude Frappier et Luc Baranger
Direction artistique: Isabelle Lépine
Adaptation de la grille graphique: Renaud Leclerc Latulippe

Tous droits de traduction, de reproduction et d'adaptation réservés

© 2010 **Éditions Québec Amérique inc.**
www.quebec-amerique.com

Imprimé au Canada

Jean-François Beauchemin

Le temps
qui m'est donné

roman

QUÉBEC AMÉRIQUE

Le temps passe. Et chaque fois qu'il y a du temps qui passe, il y a quelque chose qui s'efface.

Jules Romains
Les Hommes de bonne volonté

Le temps qui m'est donné, que l'amour le prolonge.

René Guy Cadou
Poésie la vie entière

À mes quatre frères et à ma sœur,
ces irrépressibles farceurs incapables
de sortir un lieu commun.

Note de l'auteur

On me glisse à l'oreille que la mode, chez les écrivains, est à l'autofiction. J'avoue ne pas très bien savoir ce que signifie au juste ce mot à ce point alambiqué qu'il en devient, à la fin, vide de sens. Que désigne-t-il donc ? Une fiction à propos d'un authentique soi-même ? La biographie vraie d'un moi fictif ? Tout cela me paraît bien compliqué et, à vrai dire, assez ennuyeux. Il est si beau de dire que l'on a simplement écrit une histoire. C'est en tout cas ce que j'ai fait. J'ai écrit une histoire pleine de gens qui existent ou qui ont existé, de faits et de circonstances encore bien établis dans ma mémoire, suffisamment profonds pour que j'y réfléchisse et m'en émeuve un moment. La vraie question est peut-être au fond celle-ci : le souvenir fait-il toujours bien son travail, qui est de réparer ce que le réel avait abîmé ?

1

Nous n'avions que nos têtes sur les épaules, nos cœurs à la bonne place, nos yeux en face des trous. Nous ne reconnaissions rien en nous de la pureté qu'on attribue d'habitude aux enfants : nous étions de petites créatures complexes, souvent opaques, extraordinairement imparfaites. Nous jetions un œil aux alentours, nous écoutions avec surprise les conversations. Il était encore tôt : nous ne comprenions pas très bien les faits, les gens, les effets du temps qui passe. Mais il y avait quelque chose de pénétrant, d'habile et de délicat dans ces six crânes, dans ces cœurs que ne troublait pas la rumeur du monde, dans ces corps encore petits, involontairement vêtus selon les risibles exigences de l'époque. À table, ou lors de nos réunions dans la remise, au milieu de nos jeux, partout, j'examinais en silence mes frères et ma sœur. Chacun avait sa façon de traverser l'enfance, de franchir ce long territoire encaissé, cette passe dangereuse. Jacques exerçait sa force, pratiquait la fermeté tendre de ceux qui conduisent les hommes et, peut-être, réajustent le cadre de l'histoire. Christiane était la plus rusée, sans doute la plus intelligente de nous tous. Nous aimions cet esprit brillant qui ignorait la gravité et qui s'épanouissait dans le jeu. Pierre était sage. Sa politique consistait à ne pas prononcer de mots inutiles. Nous écoutions plus que d'habitude lorsque parlait ce complice discret et boudeur. Jean-Luc de son côté adoptait une attitude de résistance amusée. Nos plans d'avenir bien établi ne l'intéressaient pas : philosophe indolent, il concevait son destin comme une sorte de repos léger et méditatif. Nous nous plaisions aux côtés de cet anticonformiste, ce doux inventeur de blagues. Mon frère Benoît, déjà, n'aimait pas la façon dont tournait le monde. Nous pressentions en lui le futur défenseur des grands opprimés. Son très fort dégoût de l'injustice venait peut-être du fait qu'il était le plus jeune et donc très souvent la cible de nos railleries, la victime fulminante de nos décisions. Et pourtant nous ne pouvions nous passer de cet impayable petit bonhomme, rieur et naïf comme un oiselet.

J'avais quant à moi un idéal, que je ne parvenais pas encore à bien exprimer, mais que j'apercevais néanmoins. Il était tout entier contenu dans cette idée de beauté à propos de laquelle j'allais si fréquemment écrire plus tard. Cette espèce d'obsession m'a suivi jusqu'ici. Je n'ai pas changé : je ne trouve beau que ce qui me possède. Et c'est précisément parce qu'elle m'obsède que je raconte mon histoire. Ce livre est l'ouvrage d'un obsédé.

Je cessais un instant de rêvasser dans les pages du catalogue du *Canadian Tire* pour aborder d'autres songes, plus lointains et, sans doute à cause de cela, plus attrayants. Je souhaitais qu'un jour, mes frères, ma sœur et moi-même, après être enfin entrés dans l'âge adulte, développions une espèce de dignité souple, une insoumission capable d'humilité. J'avais auprès d'eux le sentiment d'accumuler quelque chose de bon, pour un endroit meilleur. Je comptais me mesurer à leurs côtés aux circonstances nous menant à cet endroit-là, comme on se mesure à un adversaire puissant et généreux. J'attendais que nos jeux, nos talents et notre manière portent leurs fruits. Je ne voulais pas que nous gardions pour nous seuls ce que nous apprenions : j'espérais que les gens connaissent, comme nous l'avions fait, ce mystérieux bonheur que causent les livres, la joie sourde de se découvrir perfectible et capable de satisfaire ce besoin naturel de dépassement de soi-même. Je songeais tout le jour à ces choses-là. En été, je quittais mon lit à minuit, je pêchais au passage trois ou quatre *popsicles* dans le congélateur et je sortais en pyjama scruter le ciel. L'étoile Polaire brillait au-dessus du *Steinberg*. Il était tard lorsque je rentrais enfin, la langue mauve.

Nous nous exercions à vivre. Nos jambes minces, nos yeux faits pour l'expectative, bien connectés à nos cerveaux, constituaient de précieux atouts : nous excellions à la course, à l'indiscrétion, au vol à l'étalage. Nous remplissions nos obligations de famille avec un sérieux de commis. Et cependant nous étions drôles, rompus tant aux pièges de l'esprit qu'aux farces et attrapes. Nous recherchions parmi nos camarades la compagnie des comédiens, des phraseurs et des bonimenteurs, tous les caractères carburant à l'esbroufe : nous nous plaisions dans nos rôles d'enquêteurs, et aimions par-dessus tout débusquer l'homme caché dans l'escroc. Nous mettions beaucoup d'efforts à demeurer intraitables, curieux, turbulents, normaux. Quand nous étions fatigués des brutes et des égoïstes, nous pratiquions plus que d'habitude la bonté. Et lorsque nous en étions capables, nous allions jouer en compagnie des imbéciles. Cela nous calmait les nerfs et embellissait la vie. Nous commettions nos petits méfaits, par ailleurs facilement détectés par nos parents, et pour lesquels nous étions vite accusés, jugés et mis à l'amende. Nous nous réjouissions d'avoir autour de nous ces personnes pointilleuses mais clémentes. Une poigne à la fois ferme et souple, une attitude de sain compromis nous paraissaient être de belles choses. Nous étions pensifs et, lorsque nous poussions assez loin cette pensée, rêveurs. Nous nous scandalisions cependant des curés et de leurs histoires à dormir debout, de cette religion qui valorisait la souffrance et condamnait le bonheur. Nous passions tout notre temps à chercher la vérité, ce qui ne signifiait nullement que nous renoncions au mensonge : l'un de nos passetemps préférés consistait à mener les gens en bateau. Mais je ne sais plus lequel d'entre nous avait institué ce jeu, dont nous respectâmes longtemps les règles : nous ne mentions pas les lundis, ni le jour de notre anniversaire.

Une étourderie de jeunes animaux, et le scepticisme des grands observateurs assemblaient en nous une charpente. Nous étions forts, nous ne connaissions pas notre force : nous avions peur des nourritures inconnues, de la robustesse de certains camarades, des manières un peu strictes de la parenté. Nous prenions la fuite lorsque, soulevant les dalles du patio, nous sentions des insectes humides nous toucher les doigts. Mais notre union nous sauvait. Nous nous mesurions le plus souvent selon des critères différents de ceux, en définitive assez pauvres, que se renvoie un homme à lui-même. Je reste convaincu que nous nous approchions davantage de nous-mêmes au contact de ceux que nous aimions, dans les livres ou dans l'infini brassage des circonstances, que dans l'auto-examen de nos âmes composites. Tout homme est multiple. Sa conscience, son intuition, son intelligence et son cœur tout à la fois forment en lui un bagage dont il sent bien qu'il est le véhicule, la barque parfois périlleusement soulevée par cette mer agitée. Nous nous étonnions de cette présence souvent contradictoire en nous-mêmes. Mais nous ne commettions pas l'erreur de prêter une attention trop grande à tout cela. Chacun de nous tentait comme il le pouvait de se connaître, mais nous nous intéressions au fond assez peu à nous-mêmes. Nous vivions ensemble, c'était déjà beaucoup. Nous expérimentions d'ailleurs, grâce à la fédération de nos six petits corps, de nos esprits insatiables, une ère d'engouements extraordinaires. Presque tout était facile et passionnant, la pensée, les pleurs, le sommeil, le moindre geste.

Le culte des lois, du devoir et de la déontologie, répandu même chez nos camarades les moins vertueux, ne nous disait rien. Pourtant, nous n'étions pas les petits asociaux qu'une telle attitude annonce : nous aimions les gens et leur voulions quasiment toujours du bien. Cependant, nous préférions aux grandes chartes populaires les pactes plus secrets que l'on signe avec soi-même, ceux qui tendent plus sûrement l'arc du raisonnement, de la protestation peut-être, et entretiennent chez l'être qui les conçoit une sorte d'obsession de vivre. La vie s'écoulait trop lentement. Les plans que nous ébauchions s'écroulaient comme des murs aux pierres imparfaitement affermies : trop de jours nous séparaient encore de la fin de l'enfance, de cette frontière qui est aussi une issue. Ce n'est pas que l'enfance ne nous convenait pas : nous y rencontrions tout ce que nos natures sensibles et farouches nécessitaient de fragiles duretés. Mais partout régnait une atmosphère de salle d'attente. De temps en temps, au milieu d'une conversation plus grave que les autres, ou par quelque pressentiment, nous croyions reconnaître les premiers signes d'un destin, d'une vie peut-être elle aussi impatiente de commencer et qui venait à notre rencontre. Nous nous questionnions les uns les autres : avions-nous senti ce frôlement d'aile, cet appel discret venu du fond de l'avenir ? Le temps était-il donc enfin arrivé d'être des hommes ? Puis un camarade venait nous réquisitionner pour une partie. Nous lâchions tout et nous nous précipitions avec lui, un *bat* à la main, vers l'ancien champ de blé d'Inde qui nous servait alors de terrain de base-ball.

Tant de routes ne mènent nulle part. La moitié de nos vies se passait à tenter de discerner ces routes qui nous étaient destinées de ces autres dont nous devinions qu'elles seraient trop étroites, ou coupées au détour d'un virage par quelque éboulis. L'inexpérience surtout, mais aussi la maladresse, et cette espèce de brûlure de la hâte, faisaient que nos choix étaient souvent les mauvais. Nous nous trompions, et nous étions alors forcés de nous trahir, de jouer pour un temps un rôle qui ne s'accordait pas avec nos personnalités, celui qu'adoptent les complaisants, les cyniques, les vaincus et les astrologues. Heureusement, nous comprenions à la fin notre erreur et recommencions à percevoir dans le beau désordre de nos chambres et de nos consciences le bouleversement

ému, riant, que nous faisaient éprouver chaque jour ces purs
levains : nos poursuites, nos pensées, nos crimes, nos fulgu-
rantes actions. Une chance extraordinaire nous avait tous les
six dotés d'un sens pratique qu'ont conservé bon nombre
d'animaux, et qui assure au moins en partie leur domination
sur les dangers de la nature. Nous devions beaucoup de notre
bonheur à cette faculté qui nous permettait de lutter contre
la sottise et l'ignorance, ces sombres équivalents humains des
périls auxquels, dans la jungle, se confrontent les bêtes. Tous
exprimaient cette lucidité de leur mieux : Jacques était précis
et profond. J'aimais chez Christiane sa franchise gaie et
comme rectiligne. J'apprenais auprès de Pierre la tranquille
rigueur des juges et des traducteurs. Jean-Luc se penchait sur
de fabuleux songes éveillés. Benoît ne se contentait pas de
travaux pratiques : il les souhaitait également profitables,
altruistes. Je ne cessais de trouver quant à moi dans les frois-
sements du ciel, ou dans la silhouette immobile d'un pommier,
un rappel de la bonne fortune qui m'avait fait naître dans ce
monde si poignant. Quoi qu'il en soit, et malgré quelques
inévitables faux pas, il est certain que nous tracions une route :
la nôtre.

Nous nous immergions dans les pages de nos livres.
L'Encyclopédie de la jeunesse demeurait l'un des ouvrages
préférés : nous développions à la lecture de ces textes délicieusement adaptés aux jeunes cerveaux un art de vivre fort utile
pour la petite bande de morveux que nous formions. Nous ne
trouvions pas mal non plus la chronique *Pensée du jour* du
magazine *Sélection du Reader's Digest.* D'autres œuvres de ce
genre trônaient encore sur nos étagères, composaient un
patrimoine culturel enviable. Mais ce sont les douze tomes de
la collection *Science pour tous* qui nous vissaient le plus solidement sur nos chaises droites. Nous ouvrions avec émotion ces
volumes chargés d'un savoir étourdissant. Dans notre petit
bungalow de banlieue, quelques heures d'un studieux silence
passaient. Nous songions aux physiciens qui affirmaient

depuis un moment que les mathématiques sont le langage dans lequel est écrit l'univers. Nous nous disions que, à notre tour, nous devions nous lever, descendre dans la rue et dire aux gens cette chose essentielle et prodigieuse : il faut vivre bouleversé, saisi, dans une saine panique, rêveusement, longuement, invraisemblablement.

C'est en tout cas ainsi que nous vécûmes : notre destin toujours invraisemblablement lié à celui du monde. Cela se manifesta dès le début. Mon frère aîné, par exemple, sortit du ventre de ma mère à l'heure exacte où le chanteur Buddy Holly mourait. J'ai cru un moment que ceci expliquait cela, le monde justement ne pouvant abriter, me disais-je, plus d'un génie pareil par siècle. À la longue, mon opinion se modifia. Je ne dis pas que Jacques n'était pas brillant. Il l'était prodigieusement. Simplement, il était notre maître, et tous les maîtres pétillent d'un feu que leurs élèves tardent à connaître. Ils s'y chauffent longtemps, sans s'apercevoir que cette fournaise en elle-même ne dure guère, puisqu'elle se nourrit du petit bois que lui jettent les disciples rassemblés autour. Car notre jeune famille, nous l'apprendrions bientôt, était tout entière vouée aux rudes mais féconds travaux de l'esprit.

La longue suite d'étranges hasards se poursuivit au fur et à mesure que nous débarquions ici-bas. Quand ma sœur poussa son premier cri, le paquebot France fut pour la première fois mis à l'eau. L'année d'après, la naissance de mon frère Pierre coïncida avec le célèbre vol spatial du Soviétique Youri Gagarine. À mon arrivée, Marilyn Monroe songeait au suicide, puis passait à l'acte. Jean-Luc quant à lui parut sur terre un mois jour pour jour avant la mise en service du téléphone rouge reliant la Maison-Blanche au Kremlin. Et plus tard encore, quand les plus vieux d'entre nous s'amoncelèrent devant la vitre de la pouponnière pour apercevoir Benoît, le dernier de notre florissante lignée, ce fut pour se consoler de la mort de Ian Fleming, créateur de James Bond.

Puis, quelques années d'un intense bouillonnement inté-rieur passèrent. C'est alors que la vie commença.

2

La rencontre entre mes parents avait été fulgurante, et maritime. Ce premier contact qui décida de tout se fit à bord d'un modeste bateau de croisière, à l'époque où mon père trimbalait en permanence en bandoulière un appareil photographique dernier cri. L'instrument lui servit d'appât. Des années s'écoulèrent avant que papa ne se fatigue de nous sortir sa collection, ces mille photographies montrant ma mère appuyée au bastingage, souriant timidement à cet homme jeune et baratineur qui lui faisait la cour à grands coups de clichés. De retour à terre, on prépara minutieusement nos futurs arrivées : le mariage eut lieu, et maman accoucha de Jacques neuf mois plus tard jour pour jour. Nous eûmes beau, bien après, procéder à tous les recomptages d'usage, on ne put jamais douter de l'honneur de nos parents. C'est ainsi que nous fûmes élevés : dans l'honneur, la fièvre et la ponctualité.

Mon père en réalité n'était pas tant passionné de photographie que de technologie, de voyants lumineux, de boutons déclencheurs. C'était un bricoleur d'appareils, de gadgets à brancher dans les murs, un poseur de clignotants épris de circuits compliqués et de connexions, un fou d'électricité. Il démontait tout, radios, téléphones, tondeuses à gazon, aspirateurs, et leur ajoutait avant de refermer le boîtier une composante plus performante. Nos grille-pain, par exemple, furent toujours de fameuses catapultes. Il écumait les boutiques spécialisées, les ateliers d'inventeurs. Nous nous étonnions des machines encore extraordinairement inconnues qu'il ramenait chez nous. Notre maison fut l'une des premières au pays à être dotée d'un four à micro-ondes. Ce n'est pas sans fierté que papa déballa devant nos yeux éblouis cette merveille «issue des recherches de la NASA», proclama-t-il avec pompe, et qu'il la glissa sur le comptoir d'arborite. Pendant tout un été, nous fûmes à cause de cette acquisition pour ainsi dire miraculeuse les vedettes du voisinage : des cohortes d'enfants de notre âge accouraient de partout pour nous voir faire chauffer nos muffins *sur du papier.*

Il passait à cause de cela pour un moderne. Nous n'étions pas dupes de cette image déformée. Il paraissait en réalité comme suspendu, étrangement sourd aux rumeurs du moment. On aurait dit qu'il n'habitait pas le temps, ne se mêlait pas aux circonstances, aux faits dont chaque époque est le grand constructeur. Cette personnalité difficile à cerner pouvait laisser croire qu'elle dissimulait un falsificateur. Aucun masque pourtant ne couvrait le visage vertueux de mon père. Mais parce qu'il ignorait comment se dépeindre lui-même, tous peinaient à tracer de lui un portrait juste. Ne les comprenant pas, il ne s'attardait guère ni au passé, ni au présent, et pas plus au futur dans lequel il croyait cependant se plonger : ces appareils novateurs, ces dispositifs qu'il s'imaginait améliorer en les bricolant ne menaient à rien. Nous nous y intéressions un moment, puis nous retournions à nos affaires. L'idée même de progrès lui était étrangère : rien n'était moins progressiste que les obscurs systèmes de chauffage, d'éclairage, de sonneries et de minuteries installés par lui chez nous, et dont les réseaux de câbles électriques couraient follement dans les cloisons. Il ne saisissait du progrès que sa partie industrieuse, fabricante, manufacturière. Tout ce qui, dans le progrès, devait adoucir l'existence lui échappait. Les soirs d'hiver, nous restions de longues minutes, fascinés, devant

l'énigmatique tableau de bord aménagé par ses soins et censé
régler automatiquement le chauffage de nos chambres. Raidis
de froid dans nos pyjamas, nous cherchions à désamorcer
l'impressionnant chapelet de commutateurs, de diodes électro-
luminescentes et de vieux thermostats à aiguille. Nous
appuyions au hasard sur des boutons. Des cliquetis, des déto-
nations, des bruits de galops résonnaient dans les plafonds,
entre les solives du plancher, derrière le gypse des murs. Mais
nos petits doigts restaient gourds et blancs. Les épaules voû-
tées, résignés à grelotter une nuit de plus, nous rentrions à la
fin sous nos épaisses couvertures en soufflant dans nos
mains.

C'était sa façon de communiquer. Il ignorait tout du fonctionnement des relations interpersonnelles, de leurs prescriptions, de leurs conventions, et de la nécessaire contiguïté
humaine qu'elles exigent. Il mit un jour au point une invention
destinée à nous rassembler lorsque nous étions introuvables.
Un homme ordinaire aurait installé, entre la cuisine et le mur
extérieur de la maison, un bon vieux système d'interphone.
Plus simplement encore, il aurait ouvert la fenêtre et crié nos
noms. Mon père préféra à cet arrangement trop proche d'une
réelle communication une cloche, comme celle des réveille-
matin, sur laquelle tambourinait insupportablement un petit
marteau commandé à distance depuis l'intérieur. Nous nous
habituâmes, du fond de nos repaires, à cette agression quoti-
dienne de nos nerfs, à ce vacarme d'une casserole que l'on
frappe avec une cuillère de métal. Cependant, il restait encore
beaucoup à apprendre avant de nous faire à cet être plus gentil
que les autres, mais étrangement dépourvu de talent pour les
rapports humains.

On peut juger un homme à sa façon de marcher. La sienne
nous intrigua très tôt, et nous apprit beaucoup. Ces pieds
jamais tout à fait parallèles, comme s'ignorant l'un l'autre,
révélaient un être écartelé. Mais le plus étonnant était ailleurs.
Les pouces enfoncés sous nos bretelles, ou nos paumes frottant

pensivement nos cheveux en brosse, nous plissions les yeux en observant cet hypersensible à ce point prudent que, pour se protéger, il s'était rendu imperméable à presque tout. La vie, en apparence du moins, lui coulait sur le dos sans que cela le perturbe le moins du monde. Nous sentions bien toutefois que ce blindage donnait des signes de faiblesse. Lorsque par exemple le cancer s'attaqua à son sang, il nous réunit dans la cuisine. «Pourquoi moi?», nous demanda-t-il, doctoral, l'air faussement philosophique. Nous restions assis sur nos chaises, les bras pendants, la tête croche. Il ne comprenait pas que la question n'était pas la bonne, et qu'il lui aurait plutôt fallu demander : «Pourquoi maintenant, si tôt, si jeune?» Mais nous savions au fond que c'était cela précisément, cette incompréhension fondamentale, atomique, qui lui sauverait la vie. Les vrais problèmes, puisqu'il n'avait pas conscience de les vivre, n'avaient pas longtemps d'emprise sur lui. Cela lui conférait une fragilité étrange, comme traversée de puissance. Le cancer n'eut pas raison de lui, pas cette fois. Il reste que déjà il nous léguait cette fragilité du diable. Aucun de nous n'a l'absolue confiance des conquérants. Cela bien sûr ne nous empêche en rien d'enfoncer à l'occasion une porte ou deux. Mais fondamentalement, nous restons les mêmes six matamores, curieux produits dérivés de leur géniteur.

Un impérieux besoin le rongeait. Ce séducteur cherchait par tous les moyens à obtenir des autres l'amour qu'il n'éprouvait pas envers lui-même. Cette curieuse manie n'était pourtant pas nécessaire : tout le monde aimait facilement mon père. Il ne s'en apercevait pas. Ce tempérament myope distinguait mal ses propres traits. Incapable d'introspection, décampant au moindre début de fissuration de son cœur, il se détournait de ses qualités les plus attachantes. Cela faisait de lui un être léger, à la fois distant et facile d'accès, peu disposé aux conflits, très aimable et capable néanmoins de sévérité, parce que luttant sans cesse contre une sensibilité qu'il concevait comme un adversaire. Cette sévérité était le résultat chez lui de la conviction, habituelle chez les gens de droite, qu'une bonne partie de ce qui est issu du passé est supérieur au présent. Ce principe formidablement indéfendable le maintenait dans une sorte d'obstination à vivre selon des principes obsolètes, datant de l'époque de sa naissance, fruits depuis longtemps pourris, retournés à la terre. Nous comprenions sourdement cela, ce drame d'un homme qui n'a pas assimilé le fait que le monde change sans arrêt. Nous nous plongions dans nos livres. Nous tentions de mieux connaître cet âge baroque au cours duquel papa avait vu le jour. *L'Encyclopédie de la jeunesse* nous apprenait que l'aviateur Charles Lindbergh, en ce temps-là, traversait pour la première fois l'Atlantique à bord du *Spirit of St-Louis*. Le soir, dans nos lits à ressorts, nos couvertures remontées jusqu'au menton, nous souhaitions secrètement pour papa de semblables paysages changeants, défilant sous ses yeux. Bien après minuit, dans nos songes, nous rêvions encore de Lindbergh, des perspectives ouvertes, des horizons plus vastes qu'il avait pour ainsi dire découverts, et devant lesquels le cœur brisé de notre père aurait pu trouver quelque consolation.

Et cependant il ne se fiait pas aux autres pour se former. Le beau marbre de l'esprit, qu'on devinait chez lui mystérieusement traversé d'or, ne bénéficiait pas de l'habituel polissage d'autrui. Nous observions lire, marcher, travailler et se reposer cet homme à la pensée flottante comme un vêtement trop grand, peu ajusté à lui-même, et qui néanmoins choisissait de ne se couvrir que de cet habit incommode. À table, sitôt nos assiettes vidées, nos six torses se tournaient à l'unisson vers lui. Nous froncions les sourcils, nous nous frottions pensivement les joues. Nous tentions d'évaluer ce curieux fond de l'être qui le rendait à la fois si indifférent au monde et si assoiffé de son amour. Puis Benoît reprenait un peu de tarte.

Nous nous réunissions dans la remise. Nous y retrouvions l'atmosphère apaisante des caveaux où l'ombre, comme le recueillement chez l'humain, assure à certaines récoltes un allongement de leur force. Nous trouvions aussi un curieux repos dans ce désordre, ce décor de pneus crevés, ces traces de pots cassés, de combats peut-être. Et il nous arrivait souvent d'imaginer là que, comme celles que nous apercevions dans les bidons, de profondes huiles à moteur baignaient nos âmes. Papa était la plupart du temps au centre des conversations que nous tenions derrière cette porte. Or nous n'arrivions pas à percer tout le mystère de ce caractère étrange, si peu semblable aux autres pères que nous connaissions. Nous finissions par nous taire, abîmés dans nos songeries. Un chien aboyait chez les voisins. Nous ne savions pas comment résister à cet appel. Nous sortions en trombe de notre abri, nous escaladions la clôture puis, de l'autre côté, nous passions nos doigts pendant un quart d'heure dans le pelage d'une bête qui nous aimait. Nous nous disions qu'il était utile, lorsque la réflexion ne suffisait plus, de nous intéresser un moment aux créatures si parfaitement capables de vivre sans elle.

La musique seule le réconciliait avec cette émotivité qui lui faisait peur. Peu de choses auront autant ému mon père que l'œuvre de Jean-Sébastien Bach. Les dimanches, quand il rentrait de la petite église où il allait chaque semaine joindre sa voix de baryton à celles, toujours approximatives, des autres membres de la chorale du quartier, nous étions les témoins d'une saisissante métamorphose. Nous l'observions, vers midi moins quart, poser quelques gestes rituels. Réfugié au salon, il ouvrait le meuble stéréo, sortait de sa pochette de carton l'un des innombrables disques de sa collection et le déposait sur la table tournante. L'homme qui toute la semaine avait tenté, par son sérieux et sinueux exemple, de nous inculquer ses préceptes démodés, se transformait alors en un être insouciant, aérien, presque dansant. La musique emplissant la maison, nous le trouvions tantôt à la cuisine, tantôt dans une chambre, ici ou là, bavard, joyeux, comme rassasié, discutant avec maman ou avec nous de tout et de rien, mais surtout des prouesses géniales du vieux Bach.

Nous passions à table. Nous profitions comme toujours de ce moment où notre petite meute était captive pour asséner à l'un ou l'autre quelque raillerie, ou pour mettre à l'essai, devant ce public exigeant, nos plus récentes blagues. Et toujours, ma mère était déçue parce que son rosbif était brûlé. Mais elle ne nous résistait pas longtemps : nous ne plantions jamais nos fourchettes dans le dessert sans être parvenus à la dérider. L'essentiel de mon enfance tient dans ces détails minuscules : le rosbif raté du dimanche, Bach qui met le feu à la maison, mes frères et ma sœur à table qui pissent de rire, ma mère contente malgré tout, et surtout mon père enfin heureux, momentanément en paix avec lui-même.

Il s'était essayé au piano, puis à la trompette. Ses origines modestes, le peu d'intérêt qu'on portait chez lui aux arts coupèrent court à ses ambitions : à part un accord ou deux, plaqués par lui de loin en loin et avec une sorte de trouble, nous ne l'entendîmes jamais jouer sur le vieux piano droit qui trônait au sous-sol. Je ne suis pas certain par ailleurs qu'il ait jamais possédé une trompette. La fanfare de son village, au sein de laquelle il allait, adolescent, s'époumoner chaque semaine, lui prêtait peut-être l'instrument précieux. Nous n'en vîmes en tout cas jamais de trace à la maison. J'ai souvent pensé qu'il s'en était départi avant notre arrivée, supputant déjà que nos cris à venir couvriraient trop atrocement ses mélodies.

Nous songions qu'il avait peut-être gardé la nostalgie de son rêve déçu. Et peut-être aussi s'en consolait-il à présent, lorsqu'il se réfugiait de longues heures au salon. Nous étions tacitement interdits de séjour dans cette pièce où régnait, quand la musique n'y jouait pas, un climat de proscription et de traque, quelque chose de soviétique. Les interdictions formelles étaient peu nombreuses chez nous. Nous vivions dans ce modeste *bungalow* comme dans un état de droit, où l'autonomie et la libre entreprise étaient encouragées, et où les nécessaires empêchements individuels ne visaient qu'à servir la majorité. Nous nous pénétrions de cela. Mais sans jamais avoir été explicitement mis en garde, nous pressentions que l'usage de la coûteuse chaîne stéréophonique de notre père nous était au fond défendu. Car peut-être celle-ci, dissimulée au salon dans un meuble imposant, lourd de fils électriques, de poussoirs et de disjoncteurs bricolés, se mettait-elle le dimanche et certains soirs de semaine au service exclusif de la nostalgie de papa. La musique relevait manifestement pour lui de quelque chose de sacré. Qui sait si cette sacralisation n'était pas, somme toute, le beau fruit jamais tombé qu'avait autrefois constitué son idéal de pianiste ou de trompettiste? Nous ne sûmes jamais si nous avions affaire à un musicien frustré ou à un mélomane débordant de sa compétence. Nous nous contentions de respecter le territoire restreint où sa passion pour la musique pouvait enfin prendre quelque élan : pour une fois circonspects, et même effacés, marchant sur la pointe de nos *running shoes* délacés, nous passions devant le salon sans jamais y entrer.

3

Les gens le croyaient lettré, exceptionnellement cultivé. Nous ne le trouvions que casse-pieds. Il y avait quelque chose d'insensé et de triste dans sa façon d'accumuler le savoir. Nos lectures nous apprenaient beaucoup, affinaient ces six consciences mal dégrossies, sans doute mal parties mais toujours maniables. Elles nous aidaient à vivre, nous protégeaient de certains dangers. Les siennes ne lui servaient qu'à combler un espace, comme on remplit d'eau le vase ne contenant aucune fleur. Si les gens trop émotifs nous tapaient sur les nerfs, sa manière à lui de tout réduire à une espèce de science désincarnée nous ennuyait. Il suffisait qu'il nous entretienne de ses plus récentes découvertes pour qu'une brusque attaque de sommeil survienne dans nos petits corps. Sagement alignés sur le canapé du salon, nous réprimions de notre mieux nos bâillements. Nous comptions mentalement les rayures de nos chandails. Nous comprîmes plus tard la cause profonde de notre ennui. C'est que toute cette connaissance ne se transformait jamais en culture. Rien de ce que cet esprit ramassait dans les livres n'était approfondi, converti en expérience, en lumières. Il ne s'appuyait pas sur son savoir afin de devenir plus éclairé, plus ouvert, plus courageux, plus *achevé*. Il ne se *formait* pas puisque, n'intégrant pas sa science à sa personnalité, à sa pensée, à sa conscience, ne se servant jamais de cette science comme d'un levier, il passait à côté de ce que les idées permettent d'élévation, de ce qu'elles ont justement de formateur. Les mains enfoncées creux dans les poches, nous contredisions autour de nous ses admirateurs qui le croyaient éclairé. Car il marchait au contraire dans une espèce d'obscurité un peu vaine. Il n'avait pas domestiqué, puis dépassé ce que la nature lui avait accordé en vrac, cette aptitude à explorer, cette impression vague que les faits parfois tissent une autre réalité, plus profonde, moins immédiate. Il croyait s'instruire. Il n'était que savant. Il ne faisait que se protéger du regard des autres, qu'il imaginait sévère, parce qu'il n'avait pas fait d'études. Sa science n'était que livresque, plaquée, entassée au fil de ses lectures comme on empile le bois destiné au chauffage : à la fin, il n'en restait rien.

Son extrême bonté nous faisait vite oublier cela. Ce n'était pas le genre de père à s'amuser avec ses enfants : il ignorait tout des jeux simples qui nous établissaient dans l'enfance, de ceux aussi qui, sans doute, nous préparaient à en sortir. Nous le regardions vivre : il semblait ignorer même ce qu'était un enfant. Nos fredaines, nos querelles, nos volte-face, nos bruits le laissaient comme frappé de stupeur. Néanmoins nous le sentions intrigué. Il était attentif à nous, comme si ces petits êtres qu'il avait créés et qu'il ne comprenait pas pouvaient lui révéler quelque chose. Je ne l'ai jamais vu céder à l'indifférence, à la grossièreté. Sans le savoir, il nous apprenait cela : que la gentillesse, que l'intérêt porté aux autres sont un devoir et que l'existence, sans eux, ne vaut peut-être pas la peine d'être vécue. Je l'entraînai un jour dans un coin du sous-sol et lui confiai secrètement mon rêve de posséder une radio. L'après-midi même, nous montâmes lui et moi dans la Chevrolet Biscayne familiale, et prîmes la direction du *Roi des bas prix*. Je n'irai pas jusqu'à dire que cette excursion fut un modèle de complicité entre un père et son fils. Nous étions pour cela déjà trop différents l'un de l'autre. Lui : impressionnant, droit, démodé. Moi : joyeux, réfléchi et inoffensif. Toujours est-il qu'il me présenta avec une sorte de tendresse à tous les vendeurs, me prodigua ses conseils avisés, me laissant à la fin décider par moi-même du modèle que je préférais parmi ceux, trésors mirobolants, qui trônaient dans les vitrines du *Roi*. J'ai encore quelque part chez moi, quarante ans plus tard, le petit appareil que papa m'acheta ce jour-là. Il m'arrive de le sortir de la boîte poussiéreuse où je l'ai rangé il y a longtemps, puis de passer une heure à écouter quelque émission. La réception est encore impeccable. Mon souvenir de ce jour lointain l'est tout autant.

J'aurai l'occasion de parler plus abondamment de ma mère. Je veux en attendant raconter à son sujet quelque chose qui s'avéra très tôt fondamental pour nous. Elle avait une sœur qui habitait Québec. Cette sœur débarquait à la maison une ou deux fois par année et demeurait parmi nous pendant quelques jours. Nous aimions cette tante Marielle venue de loin pour bavarder avec maman, lui faire fumer subrepticement quelques cigarettes, et rire avec nous de nos bêtises et de nos canulars. Mon père ne se mêlait guère aux conversations de ce couple pourtant réjouissant. Il préférait laisser entre elles ces deux inséparables comparses aménageant tout à coup, dans cette maison habituellement si masculine, un monde tout en connivences de femmes. Nous étions quant à nous au contraire pleinement à l'aise dans cette ambiance plus féminine qu'à l'ordinaire. Nous rôdions autour d'elles, sifflotant un air. Nous crachions avec désinvolture sur nos souliers pour les astiquer. Puis nous nous immiscions dans la conversation en risquant un commentaire, et nous nous retrouvions bientôt admis dans ce petit club. Nous devenions au moins temporairement, ces jours-là, la sorte d'hommes que nous allions être pour de bon une fois adultes. Nous comprenions sourdement que la compagnie des femmes allait plus tard nous être indispensable. L'idée de séduction n'entrait pas dans ce pressentiment. Nous n'étions charmants que sans le savoir, et s'il est vrai que nous faisions flancher à l'occasion deux ou trois voisines ou quelque vieille tante, nous ne savions encore rien de la notion même de *sex-appeal*. Notre innocence seule opérait, et ce qui, à cet âge, lui servait d'appui : nos brosses bimensuellement entretenues, nos chaussettes portées haut sur le mollet, notre timidité sans cesse combattue. Mais notre aisance avec les femmes traduisait davantage qu'une simple question de complicité. Elle était plus profonde, et révélait une forme de liberté, une faculté nous rapprochant de la sagesse qui nous avait été refusée en naissant. Les mâles parmi nous faisaient en compagnie de Marielle et de ma mère une découverte importante. Nous nous apercevions que nous pensions comme des filles, que nous agissions, rêvions, regardions le monde comme elles. Leur condition bien sûr ne s'accordait pas complètement avec la nôtre : nous éprouvions par exemple une violence différente de leur force, un essoufflement qui n'était pas leur fatigue. Mais nous ressentions la même impulsion nous engageant à surmonter les revers d'un monde peu attentif à leur volonté. Cela ne nuisait aucunement à notre virile appartenance à la société des garçons. Simplement, nous n'étions pas effrayés par ce que nous apercevions de féminin en nous-mêmes.

Marielle repartie, nous retournions aux façons plus ennuyeuses de notre père. Nous ne nous plaignions pas. Nous ne faisions qu'observer et noter mentalement quelques détails. Nous n'ignorions pas que chaque époque de l'existence a ses outrages. Nous subissions ceux de notre âge : l'obligation, à la manière des plantes vertes, de prendre au moins un bain par semaine, l'interdiction insensée de faire exploser des pétards dans nos chambres, l'interdiction absolue de posséder un chien. Mais nous ne nous plaignions jamais. Papa, comme toujours sans même s'en rendre compte, nous inculquait une attitude plus vertueuse. Il rentrait tard, visiblement fatigué : son travail de projectionniste au petit cinéma du quartier lui volait de précieuses heures de sommeil. Nous guettions l'instant où cette vie de labeur lui inspirerait un mot plus dur, un énervement, au moins de l'agacement. Les voisins, après tout, nous avaient habitués à cela : l'essentiel de nos jurons venait de l'exemple que nous donnaient chez eux les parents de nos amis pourtant les plus sûrs. Notre père était différent. L'instant que nous attendions de l'entendre gémir sur son sort ne venait jamais. Cette abnégation silencieuse dans le travail ou ailleurs, cet irrécusable sens du devoir nous inspirait un sentiment fort, contre lequel nous luttâmes longtemps. Nous dûmes pourtant bien admettre un jour que nous admirions cet homme d'un autre temps, ce faux lettré, ce cœur d'or à l'esprit égaré. Ce n'était pas toutefois l'admiration que l'on voue aux héros. Dans ce *bungalow* peuplé de six petites âmes affranchies, naturellement indociles, réfractaires aux cultes et aux dévotions, papa ne tint jamais ce rôle d'un surhomme. Notre enthousiasme à son égard tenait davantage de la surprise, souvent même de l'ahurissement. Tant de calme acquiescement devant les prescriptions de l'existence, et chez un seul homme, nous émerveillait. Nous étions oublieux mais pas ingrats. Nous pouvions devenir furieux mais jamais injustes. Nous ne nous privions pas d'être blagueurs, bluffeurs et fanfarons, et pourtant nous demeurions réfléchis et sincères. Nous jouions les durs, mais nous avions grand cœur. Nous savions reconnaître l'excellence d'un homme là où elle se trouve.

Notre myopie était congénitale. Papa nous avait transmis par la plus implacable, la plus insinuante des voies, celle des gènes, sa propre défaillance optique. Ces six paires d'yeux se jouaient de nous, se détournaient de notre volonté. Notre perception du monde en fut radicalement transformée : nous dûmes nous tourner résolument vers l'intérieur, vers la vie de l'esprit et des sens, plus accessibles que les horizons lointains dont nous n'apercevions plus désormais que la ligne floue. Jacques fut le premier à accompagner nos parents chez l'oculiste. Nous observâmes avec curiosité, à son retour, cette face où s'accrochaient à présent des lunettes graves. Je crois que c'est à partir de ce jour que notre frère aîné fut réellement considéré par nous comme notre maître à tous, notre inspiration, celui qui était chargé de nous ouvrir la voie. Nous nous inclinions, au moins symboliquement, devant son autorité nouvelle. Il est vrai cependant que celle-ci était atténuée par le fait que Jacques portait pratiquement chaque jour les mêmes culottes courtes, assorties du même chandail à rayures, ce qui nuisait à la conception que nous nous faisions d'un chef. Nous ne nous attendrissions pas pour si peu : nous tenions dorénavant notre véritable figure paternelle, celle de papa ne répondant décidément pas à nos attentes.

Nous restions décidés à être normaux. Nous avions implicitement élu Jacques, mais nous tentions encore, de loin en loin, de trouver chez notre père une sorte de domination naturelle, le signe d'une autorité paternelle normale. Nous nous dissimulions derrière les clôtures, épiant le comportement des familles voisines. Ces meutes, lorsqu'elles étaient placées sous un commandement paternel adéquat, se réglaient comme des orchestres. Nous nous émouvions un instant de cette belle structure domestique, de cet humain arrangement de fleurs. Un feu brûlait dans ces puissantes poitrines d'hommes entourés de petits enfants. Nous rentrions dépités à la maison, pour trouver dans la cuisine papa concentré au possible, une paire de pinces à la main, penché sur un calorifère éventré. Nous retournions le lendemain nous poster près des haies, nous accroupir sous les balcons. Nous voyions les pères partir en camping avec leurs fils et leurs filles. Nous les observions construire ensemble des cabanes à moineaux, ou pratiquer quelque sport sur les pelouses. Du temps passait. D'où nous étions, nous entendions parfois la cloche retentir : papa nous appelait. Et c'était comme un immense appel à l'univers, le cri d'un homme seul, échoué sur son île nue.

L'étude, les réunions dans la remise, les tours joués à Christiane, un ou deux délits quotidiens, les rixes et les réconciliations formaient la base de notre système. Nous ajoutions à ces normes minimales nos spécialités individuelles. J'avais fait de la désobéissance ma matière forte. Le département des nuisances était dirigé d'une main sûre par la frange la plus expérimentée de notre clan. Nos agents les plus jeunes œuvraient quant à eux de façon moins spectaculaire. Mon petit frère Jean-Luc rêvassait (et ne faisait que cela) sur les bancs d'école. Benoît, le plus idéaliste d'entre nous, se préparait à changer le monde en arrachant, pour mieux les étudier, les pages de nos atlas décrivant les pays communistes où il comptait s'établir plus tard. Tout cela ne faisait pas perdre son calme à papa, mais ne lui plaisait guère. À table, il se taisait, nous lançant un de ses regards assassins, ni méchant ni même menaçant, d'une dureté, pourtant, qui nous glaçait le sang. L'heure était grave. Nous nous dissolvions en silence sur nos chaises de bois. Nous nous interrogions mentalement : quoi ? n'accomplissions-nous pas notre besogne d'enfants ?

Nous avions notre propre compréhension de la notion d'autorité. Tout ce qui la définissait généralement nous lassait : le droit de commander, d'exiger l'obéissance, la puissance qui impose le respect sans discussion. Nous détestions cette présomption de vérité insinuant que les choses ont été décidées une fois pour toutes. Nos caractères naturellement insubordonnés, notre instinct, mais aussi notre goût très affirmé pour la réflexion nous poussaient à rejeter tout cela. Comme toujours, même imparfaitement, nous réfléchissions à nos actes. Nous préférions à la forme de supériorité maladroite pratiquée par notre père l'attention, le soin qu'il nous accordait à l'occasion et que l'on doit aux êtres fragiles. Lorsque nos batailles, nos petites joutes et nos engueulades étaient terminées, nous nous prodiguions ce réconfort. Christiane inventait des jeux auprès de moi. Pierre, par le biais d'une espèce d'amitié qui n'existe pourtant guère en famille, se rapprochait de Jacques. Jean-Luc se tournait vers Benoît. Deux heures d'une affable cohésion s'écoulaient. À la longue, cette déférence teintée de tact nous apaisait. Parce qu'elle était douce, précautionneuse, nous apprenions d'elle bien mieux que par la toute-puissance autoproclamée de papa, faite d'inutiles excès. Cela nous aidait à saisir plus nettement, et avec plus de tendresse, la tâche démesurée qui nous attendait dans les années à venir, et dont nous pressentions déjà la sourde brutalité.

4

Nous fûmes inquiets : commencions-nous à n'être que des intellectuels ? Il est vrai que nous nous plaisions dans le monde des idées. Nous insistions pour consacrer l'essentiel de nos efforts à ce monde-là, capable de transformer en regard la course aveugle du sang dans les artères, en action la secrète inertie de quelque chimie du corps. L'âge adulte pouvait venir : nous lui présenterions nos fronts de bœufs, chauffés par une réflexion experte. Mais la gaucherie, autrefois excusable, se répandait à demeure dans nos rangs. Ma mère s'occupait de la maison. Mon père travaillait, démontait puis remontait ses appareils. Tous nos camarades possédaient ce qu'il fallait pour visser, coller, assembler, opposer à la matière inerte l'espèce d'ingéniosité rêveuse de la main humaine. Nos constructions à nous demeuraient invisibles : c'étaient celles de l'esprit, de la conscience, de l'âme. Elles ne nous semblaient pas toujours bien achevées. Nos mains en tout cas n'y prenaient aucune part, et restaient étrangement inoccupées. Nous allions grimper dans l'orme immense qui poussait au milieu de la cour. Nous y passions une heure sans parler, à examiner nos doigts, les stries de la peau que d'autres appelaient les lignes du destin. Nous n'étions pas certains d'aimer cette propreté des ongles, ni cette pâleur impeccable de nos paumes.

Nous devînmes étonnamment serviles. Un empressement très inhabituel nous poussa un jour, sous la gouverne morale de Jacques, à prêter main-forte à notre père pour rénover la vieille clôture de bois entourant la cour. Engoncé dans son long manteau noir de vicaire, papa tenait le marteau tandis que chacun de nous lui apportait à tour de rôle une planche. Nous ne nous étonnâmes pas, au début, de ses nombreux coups ratés, des clous qui se tordaient en entrant dans le bois. Le parallélisme douteux des planches posées par lui ne nous toucha pas davantage. Le soir nous rendit notre sens critique. Assis tous les six sur la pelouse, nous vîmes mieux, en buvant une orangeade, le résultat terrible de notre collaboration. De son côté, notre père, la boîte de clous sous le bras, manifestement satisfait du travail accompli, rentrait déjà retrouver ses disques de Bach. Ce fut pour nous une atroce prise de conscience. Nous réalisions que papa était aussi un intellectuel. Nous sentîmes plus que jamais ses gènes courir en nous. Qu'allions-nous devenir?

Quelques nuits d'insomnie passèrent. Nous retournâmes à nos livres. Pierre découvrit un jour dans le tome 8 de l'encyclopédie *Science pour tous* que le cerveau humain contient environ cent milliards de neurones, possédant chacun un millier de connexions. « La majorité des gens, lut-il, n'exploite pas entièrement ces prodigieuses capacités de calcul et de mémoire. » Nous nous agglutinâmes autour de lui et du beau livre bleu. Quelques lignes furent encore lues à voix haute. Un silence épais se fit dans la chambre : nous réfléchissions comme des furieux. Notre petit cercle se referma encore un peu plus. Ma sœur eut la première ce commentaire que nous autres, les mâles, n'aurions pas su encore formuler : « Oh! et puis après tout, à quoi bon résister? Soyons intellectuels et c'est tout, bon sang! » Notre joie fut belle à voir. Nous nous levâmes d'un bond et, tendant nos bras vers le ciel, entamâmes une sorte de danse bruyante accompagnée de chants victorieux. Les murs vibrèrent. Des objets tombèrent de nos étagères sur le plancher. Un sommier se rompit. Qu'à cela ne tienne : nous nous jurâmes ce jour-là d'exploiter désormais sans complexes nos capacités mentales. Nous ferions mentir les auteurs de l'encyclopédie. Ce fut l'un de nos beaux jours dans le *bungalow*. On se trompe lorsqu'on imagine l'enfance uniquement occupée de jeux, de peurs et de songes : la pensée, le raisonnement, les choses de l'âme la conduisent aussi.

Nous nous vautrâmes dans la culture. Nous relûmes toute notre collection de Bob Morane. James Bond aussi recommença à nous inspirer. Surtout, le *pick-up* crachait nos chansons favorites, jamais assez répétées. Papa nous avait subtilement acheté cet objet bizarre, résultat de l'improbable accouplement d'une valise et d'un tourne-disque, afin de nous décourager d'utiliser sa propre chaîne stéréo. Affalés sur nos lits, nos yeux de myopes étudiant avec soin les pochettes, nous tapions du pied en écoutant Buddy Holly, les Sultans ou les Baronnets. Les Beatles et Bob Dylan étaient aussi régulièrement écorchés par l'aiguille. Papa se glissait tout à coup dans l'embrasure de la porte et faisait la moue. Qui étaient ces chevelus à la voix nasillarde qui prétendaient savoir chanter et jouer de la musique ? Outrés, sans mots, nous ne savions que répliquer à ses blasphèmes. Puis nous nous portions maladroitement à la défense de nos dieux. Nous osions comparer Ringo à Bach. Papa s'animait : un infranchissable mur de protestations s'élevait devant nous. Sensée comme toujours, essuyant ses mains savonneuses sur son tablier, ma mère arrivait et, au nom de notre jeunesse encore extrême, mettait fin aux arguments de mon père. Notre accablement ne cessait pas : humiliés mais pas vaincus, nous baissions le volume du *pick-up*. Un jour ou l'autre, la culture, les capacités mentales vaincraient. Nous savions cela.

Le temps passait. Des hommes avaient marché sur la lune. Nous chauffions notre soupe au four à micro-ondes. Mais nous étions encore tenus d'assister à la messe du dimanche. Nous ne discutions plus depuis longtemps de Dieu. La question de son existence avait cessé d'être à l'ordre du jour de nos réunions.

Notre athéisme toutefois était foulé aux pieds lorsque, organisant notre présence à l'église, maman sortait de nos tiroirs les vêtements les plus exécrés. On nous déguisait en petits messieurs. Nos cheveux en brosse achevaient de nous donner l'air de jeunes malfrats. Ma sœur, dans ses vêtements de tulle, ressemblait quant à elle à une ballerine. Nous protestions sans y croire : sur ce plan, ma mère était toujours gagnante. À bout d'arguments, nous nous dirigions à pied vers l'église. La marque indélébile du cintre sur nos chemises de fortrel élargissait nos épaules. Notre procession faisait son entrée là-bas au moment où papa, juché depuis le matin au jubé avec ses comparses, se préparait à chanter les louanges du Seigneur. Nous nous écroulions sur le banc de bois. Les paroles du prêtre ne nous touchaient guère. L'enfance n'est pas faite pour ces leurres. Elle leur préfère un mensonge plus pur, plus généreux, moins tragique. Nous reconnaissions, disséminés dans la foule, quelques-uns de nos camarades de jeux. Tous semblaient ahuris, figés et mystérieusement absents dans leurs accoutrements de petites personnes pieuses. Quand le prêtre se taisait enfin, nous écoutions attentivement la voix de papa qui, là-haut, se démarquait nettement du chœur. Il arrivait que, profitant d'une pause entre deux chants, papa s'avance un peu et, nous apercevant dans l'assistance, nous fasse un signe discret, nous lance un sourire d'une extraordinaire complicité. Nous bombions nos poitrines, fiers comme des paons, pleins tout à coup d'une joie rare : nous reconnaissions enfin le comportement d'un père normal. Dieu nous ennuyait. Mais le sourire de papa, cette brève communion de nos cœurs et du sien, nous réconciliait presque avec la messe. Puis notre père s'éclipsait, on percevait un bruissement de papiers et de robes. De petites toux contenues éclataient dans l'air, l'orgue se mettait à ronfler et un autre chant très barbant montait des profondeurs du jubé. À la fin les voix se taisaient et nous étions à nouveau forcés d'écouter les paroles du prêtre. Tant d'élucubrations nous laissaient songeurs. Nous nous étions intéressés à la religion, à ses bouffonneries. Elles ne nous amusaient plus autant, peut-être parce qu'il se faisait tard sur cette planète, et que l'heure n'était plus à ce curieux triomphe de l'ignorance, à cette hypocrite et mondiale valorisation de la haine, à cette détestable ingérence dans la vie privée des gens, au mensonge érigé en système, à la diabolisation de la science. Nous attendions. Un jour, Dieu mourrait et les gens consentiraient à cette disparition libératrice. Cela viendrait. Ce serait long mais nous savions, quand il le fallait, être patients. Nous avions pour tromper l'attente le sourire de papa.

Certains se passionnent tranquillement pour les champignons, ou bien pour la philatélie. Papa n'ayant que peu d'authentiques passions, celles qui l'habitaient s'exprimaient avec une sorte de frénésie. L'orgue tenait en lui cette place particulière d'une fièvre violente qui met hors de soi. Nous formions l'auditoire très abattu de ses leçons, au cours desquelles il tentait de nous intéresser à cet instrument parmi les plus âpres. Le front barré, les joues brûlantes, nous l'écoutions nous décrire le fonctionnement de ces colosses à tuyaux et à pédales. Il y avait dans ses explications un peu de l'enthousiasme des terroristes : nous nous apercevions qu'une hâte le chauffait, et nous comprenions bientôt qu'un attentat allait se produire. Ce moment arrivait lorsque, s'étant tu, il parcourait d'une main sûre sa collection de disques. Nos fronts devenaient moites, nos dents crissaient horriblement. Papa couchait ensuite méticuleusement un microsillon sur la table tournante après avoir soufflé sur le vinyle pour en chasser la poussière. Puis l'orgue commençait à lancer sur nous ses obus. Et il est vrai que nous sortions de ces séances comme on sort d'une bataille : titubants, plus brisés qu'avant, mais heureux d'être encore vivants. Dans le salon derrière nous, papa rangeait le disque dans sa pochette et sifflotait un air léger.

Une chose nous intrigua : quand il nous réquisitionnait ainsi, toute notre insoumission pourtant si patiemment engrangée s'évanouissait. Nous aurions pu fuir, nous ne le faisions pas. Ce n'était pas comme lorsque maman nous habillait pour la messe et nous y envoyait sans discussion possible. Nous étions alors toujours vaincus, mais au moins résistions-nous. Face à notre père par contre, nous ne savions pas combattre. Cela nous déprimait : n'étions-nous au fond que de doux félins, déchiquetant ça et là une carpette ou un divan, mais vite rendormis sur le dos ? Rien n'était-il donc absolument indomptable dans ces crânes juvéniles, dans ces corps intrépides ? Nos lectures ne nous apprenaient rien là-dessus. Nous sortions dans la cour, puis Jacques convoquait une assemblée extraordinaire derrière la porte close de la remise. Hélas, rien ne résultait de ces échanges pensifs et inquiets. Nous décidions d'aller faire une partie de ballon. Pendant une heure, nous laissions, grâce au sport, mariner nos esprits. Nos corps, ces serviteurs dociles, leur accordaient ce répit salutaire. Puis nous rentrions à la maison. Déjà, nous ne portions plus le même regard sur papa. Un sentiment de suspicion s'était emparé de nous. Nous nous transformions en de petits appareils furtifs : nous orbitions sans trop nous faire voir autour de notre cible. À table, nous l'observions oblique-ment. Six esprits s'interrogeaient avec fougue : qu'y avait-il de si puissant en cet homme-là pour que nous renoncions aussi rapidement à notre souveraineté, pour que nous délaissions ainsi nos personnalités libres et hardies ? Car enfin, papa n'avait rien d'un dictateur. C'était un gentil, un affable, un maladroit surtout, comme tous les émotifs. Nous étions récalcitrants, parfois dissipés. Nous comprenions que nous n'étions pas des rebelles : aucun parmi nous n'avait de goût pour la férocité de ceux que le monde offense et blesse. Seulement, nous étions têtus et fiers. Bien sûr, nous nous trompions sur presque tout. Mais nous en connaissions déjà beaucoup. Nous unissions notre savoir, nous partagions le peu que nous avions : nous ne voulions pas rater notre entrée dans ce monde qui nous attendait. Nous nous préparions. Nous relisions dix fois par jour les meilleurs passages de nos encyclopédies. À la messe du dimanche, nous n'aimions pas l'attitude de soumission à laquelle nous encourageait le prêtre. Nous préférions encore, en songeant à ce qui nous attendait à la maison, le rosbif brûlé de maman, avalé de plein gré et en toute connaissance de cause. Nous nous regardions. Une même pensée traversait à la vitesse de l'éclair cette demi-douzaine de cerveaux : soyons résistants. N'abdiquons pas si rapidement. Et préparons l'avenir. Pourtant, quand papa nous invitait au salon pour un cours théorique d'orgue ou un résumé de ses lectures, nous ne rouspétions pas. Nous laissions là nos émissions de télévision favorites et nous nous serrions les uns contre les autres en silence sur le canapé.

Ce silence toutefois n'était pas celui de l'élève attentif. C'était le plus souvent celui du chirurgien penché sur un corps prêt à être découpé. Nous procédions en pensée à une dissection, séparant les parties nobles des morceaux vulgaires. D'étranges organes, aux étranges facultés, nous apparaissaient. Nous découvrions comme toujours un être étonnamment déconnecté de lui-même, de son époque, d'une certaine réalité. Une théorie troublante germait en nous. Peut-être cette déconnexion expliquait-elle pourquoi notre père consacrait autant d'efforts à ses raccords électriques compliqués. Nous nous disions qu'il y avait possiblement dans cette entreprise un désir de rétablir un courant mystérieusement interrompu, de remédier, même symboliquement, à une disjonction ancienne et dont il sentait les effets dans son esprit, dans son corps, peut-être dans son âme, s'il en possédait une. Il était égaré, sans nuances, vertigineux et donc incapable de profondeur. Même la musique, même la science et la technique, pour lesquelles il éprouvait beaucoup d'émotions, n'arrivaient pas comme elles auraient dû à le laisser normalement ému, sans voix : il fallait toujours qu'il traduise en paroles inutiles ce sentiment dont il ne savait que faire. Comme tout ce qui venait du plus profond de lui-même, le silence que lui suggérait son propre saisissement lui faisait peur. Ce n'est pas qu'il était incapable de réfléchir. Seulement, il ne réfléchissait qu'à travers le bruit salvateur de ses paroles, qui faussait tout. Il ne savait pas comment bénéficier de l'existence, comment apprendre d'elle et progresser grâce à elle. Il ne faisait que s'y faufiler, comme on se glisse dans un habit dont on ne comprend pas qu'il peut être beau, seyant et confortable.

Mais la question demeurait entière : pourquoi ne résistions-nous pas à notre père ? Comme toujours, nous cherchions la réponse dans nos livres. Nous les refermions bientôt. Nous ne découvrions pas de vérités toutes faites dans les définitions du *Grand Larousse* ou dans les articles de nos albums illustrés de la collection *Tout connaître*. Jacques rajustait pensivement ses lunettes. Jean-Luc soupirait, s'allongeait sur son lit pour une sieste. Nous rêvions un moment.

Pendant ce temps, en France, le Concorde franchissait pour la première fois le mur du son.

5

Tout s'embrouillait, de plus en plus. Un seul parmi nous avait déjà remédié à sa myopie. Tous les autres durent l'imiter : en l'espace de quelques mois, nous dûmes tour à tour passer chez l'oculiste. Ce fut une hécatombe. Aucun n'y échappa : cinq fois nos parents revinrent de la clinique avec l'un d'entre nous chaussé de lunettes. Jacques, déjà fort expérimenté en cette matière, nous accueillait à la porte en connaisseur. Agglutinés dans la salle de bain, nous examinions notre reflet dans le miroir de la pharmacie. Six paires d'yeux cerclés de plastique noir tentaient de s'y retrouver dans cet enchaînement de visages métamorphosés. Nous y voyions bien sûr plus clair individuellement. Mais nous ne reconnaissions plus guère l'aspect général de l'ensemble. Nous ne savions que penser : qui étaient ces gens aux regards garnis de vitre qui se prenaient pour nous ? Notre identité collective se lézardait. Nos effectifs en souffrirent : d'étranges dérèglements furent observés. Benoît par exemple se prit d'une bouillante admiration pour Ernie, une marionnette vedette de l'émission *Sesame Street*. Christiane s'intéressa au ballet et commença de porter un tutu dans la maison. Mais à la fin, notre ligue trouva dans cette réalité nouvelle une raison de se souder encore davantage. Nous nous élevâmes cette année-là au rang des grandes associa-tions : les trois mousquetaires, Tarzan et Jane, Tintin et le capitaine Haddock. Quelque chose nous liait désormais plus qu'avant : nos lunettes, symbole du regard clair que nous jetions collectivement sur le monde. Nous entrâmes dans une période d'irréductibilité. Pendant un mois, nous fûmes incollables au scrabble. Papa tentait de nous pousser dans les câbles en formant d'imprononçables mots sortis tout droit de sa collection de magazines scientifiques. Nous hurlions d'indignation, mais nous reprenions vite nos sens et répliquions avec quelques petits carrés de bois bien placés et plus payants encore. La partie s'achevait, et maman, préposée au score, annonçait le triomphe de l'un d'entre nous. Nos cris de joie faisaient vibrer les vitres.

Il était beau joueur. Sa façon, en toutes circonstances, de concéder la victoire, de s'incliner aimablement dans la défaite, avait quelque chose de gracieux. Ce n'était pas de l'aisance : mon père était superbement orgueilleux. Mais il y avait de la grâce dans cette vaine majesté de l'être qui choisit ses combats et se résout à son impuissance profonde. Il n'était pas modeste, ni sage. Il n'était que paisible, et parfaitement lucide quant à son peu de talent.

Parfois, en le regardant, nous songions à lui comme à quelque figure de saint. À l'église le dimanche, lorsqu'il nous apparaissait depuis le jubé, près de l'orgue, souriant, il ressemblait à l'un de ces anges de la Bible, accrochés à mi-chemin entre le ciel et la terre. Nous étions toujours surpris de la description de ces créatures improbables, ailées, que nous faisaient avec une étrange naïveté les croyants. Nous nous interrogions encore davantage sur l'idée même de sainteté. Ceux qui nous vantaient les saints nous effrayaient : il fallait haïr l'humanité avec beaucoup d'enthousiasme pour adorer des êtres à ce point irréprochables qu'ils ravalent inévitablement l'homme à un rang inférieur. Nous découvrions que la sainteté était généralement faite d'arrogance, de froideur, de cynisme et de manigance. Nous ne considérions pas ainsi la sainteté de papa, qui n'avait rien à voir avec tout ce mépris. La sienne tenait davantage d'une juste et consciente résignation, d'une espèce de soumission préventive, peut-être astucieuse. Nous ne jugions pas cela : un homme a le droit de ne pas se mesurer au monde, de refuser d'exposer au danger sa sensibilité meurtrie. Bien sûr, nous savions que le fait de déposer les armes n'était pas communément glorifié : ce n'est pas ainsi que se formait le courage. Nous nous moquions de cela, de ces opinions si unanimement et rapidement acceptées. Ce n'est pas que nous réfléchissions très bien à ces choses. La plupart nous échappaient encore. Mais nous faisions notre grave métier d'enfants, qui n'est jamais qu'un métier de regardeurs. Et nous étions élevés plus librement que les autres, dans la confiance en la justesse du regard. Nous comprîmes plus tard notre chance. On croit généralement que la réflexion déclenche ce regard posé sur les choses. Nous sentions au contraire qu'il la précède.

Nous tentions simplement de démêler ce monde inextricable, d'amener jusqu'à nous la réalité afin de nous en saisir et, cela fait, de nous en servir comme d'un gouvernail, ou d'une manivelle. C'était notre façon de réfléchir : nous n'avions encore que notre perspicacité, notre aversion innée pour les lieux communs, la sottise et notre formidable compétence pour démasquer le ridicule. Nous gardions toujours un œil sur l'avenir. Un jour viendrait où l'enfance s'éloignerait, puis périrait. En attendant, nous consacrions l'essentiel de notre temps à observer, ou peut-être vaudrait-il mieux dire : à traduire. Nous commencions par les mots. À nos anniversaires, nous trouvions belle notre transposition de «Happy Birthday To You» en «Un p'tit beurre, des touyous». Mais notre effort d'entendement dépassait cela. Après les mots, nous nous attaquions aux faits, aux personnalités, à l'air du temps.

En littérature, certaines histoires nous ennuyaient. C'étaient précisément celles qui enchantaient notre sœur. Elle nous refilait ses livres. La comtesse de Ségur avait sur mes frères et moi un curieux effet répulsif. Nous nous retrouvions souvent derrière la remise pour craquer une allumette et brûler l'un ou l'autre exemplaire des *Mémoires d'un âne* ou des *Malheurs de Sophie*. Mais le courroux de Christiane était toujours le plus fort : après cela, elle obtenait immanquablement de maman que nous passions par la *Librairie Roy* afin de remplacer par de nouvelles éditions les ouvrages anéantis. Les mains encore salies de cendres, nous nous inclinions de bonne grâce, car nous adorions la *Librairie Roy*. Ce lieu surréaliste qui n'avait de librairie que le nom contenait tout ce dont nous rêvions la nuit : modèles réduits, farces et attrapes, puzzles, gadgets ingénieux, réglisse, cigares. Nous parcourions les étroites allées comme des fidèles dans une église : en passant devant quelque revolver à pétard depuis longtemps désiré, nous posions pieusement le genou sur le sol. Au rayon des livres, nous choisissions en râlant ceux qu'avait commandés Christiane. Nous rapportions à la maison ces insupportables récits, ces histoires d'amour. Elle nous faisait la lecture. . Mollement alignés sur l'un ou l'autre de nos six lits, nous acceptions de subir cette torture : nous nous souvenions de notre pacte, jamais conclu mais toujours implicitement respecté, de coïncidence et d'égalité.

Et cependant nous nous interrogions : pourquoi nos parents ne se comportaient-ils pas comme dans ces histoires que nous lisait notre sœur ? L'attitude de papa et de maman n'avait heureusement rien à voir avec ces accablants et si prévisibles pleurnichements, ces bruits de fanfare. Ils tenaient bon sans cela. Sans aucun doute furent-ils tentés, à l'occasion, de faire leur valise et de renoncer au pari compliqué que constitue le mariage, à cette entente réciproque de deux personnes décidées à embarquer sur un même bateau qui forcément prend l'eau. Néanmoins ils tenaient bon. Les lectures de Christiane nous troublaient tout de même un peu. Sur nos lits, la tête nous rentrait peu à peu dans les épaules. Nous nous affaissions comme des sacs de riz. Ce n'étaient pas tant ces récits ennuyeux qui nous laissaient confondus, mais leur manque délibéré de clairvoyance, la mystérieuse invincibilité de l'amour qu'ils dépeignaient. Allons, allons, songions-nous : parle-t-on encore d'amour de cette façon ? Avec des larmes intarissables, des promesses d'éternité ? Dans une quête d'absolu à ce point déconnectée de la réalité, de la vie, que cet amour en devient suprêmement inintéressant ? Rien autour de nous ne ressemblait à cela. Nous avions appris, simplement en observant les gens, l'une des grandes lois de l'existence, celle de l'amour qui se termine un jour, toujours. Nous écoutions notre sœur en songeant à ces choses. L'exact contraire du conte de fée qu'elle nous racontait se dessinait dans nos esprits. Nous n'y pouvions rien : quoique nous fussions tous des bluffeurs assez capables, les mensonges qu'on nous proférait ne collaient pas sur nous. La lecture se terminait bientôt. Nous nous précipitions à la fenêtre de la chambre. Nos parents allaient et venaient dans la cour. Fagoté dans son manteau de vicaire, papa tondait la pelouse. Maman balayait le patio de tuiles. L'un et l'autre formaient indiscutablement une *union*. Mais jamais cette union ne s'alourdissait-elle de la démesure si théâtrale du romantisme. Le nez collé à la vitre, nous sentions un sourire commencer à nous fendre la face. Nous nous souvenions de certaines pages si affreusement sentimentales dans les livres de Christiane. L'amour ? Nous nous disions que l'amour devait ressembler à ce que papa et maman nous donnaient en exemple : deux personnes qui se côtoient pendant toute une vie en demeurant fidèles et qui, en dépit de leurs différences, tiennent à se dévouer l'une à l'autre. Nous nous répétions cela, le soir, avant de nous endormir. Nous frappions cinq petits coups sur la cloison séparant notre chambre de celle de Christiane. C'était notre code pour lui souhaiter bonne nuit.

À part moi, aucun d'entre nous n'avait de goût particulier pour la nature. Pierre, sans être contemplatif, observait les choses en silence. Cette rareté du discours, si nécessaire à la minutie du regard, annonçait déjà le photographe qu'il allait devenir plus tard. Christiane, avec sa façon de nous prendre sous son aile, se préparait inconsciemment au beau métier d'enseignante. Et Jacques, plus que nous tous curieux de voir au loin, commençait au moins symboliquement à tracer dans le sable de la cour l'itinéraire de ses innombrables voyages à venir. Pour ma part, je ne concevais pour moi-même d'autre occupation future que celle de marcher dans les bois, parmi les bêtes et les plantes. Je quittais tout, je laissais derrière moi cette maison riche de nos précieuses encyclopédies, de nos atlas, de notre *Grand Larousse illustré*, de nos catalogues du *Canadian Tire* et de nos disques pour aller lire d'autres formes d'ouvrages, et entendre d'autres chants. L'automne n'était jamais aussi beau que lorsqu'il avait fini d'ôter aux arbres leurs feuilles et qu'une espèce d'engourdissement s'emparait du large territoire boisé autour de chez nous. J'allais traîner dans ce monde nu. Une extraordinaire mélancolie enfiévrait mon petit corps trapu. Je restais une heure à flâner près d'une roche, à lancer des cailloux dans le ruisseau. Une corneille passait, dont je me faisais une cible fuyante en tentant de l'atteindre avec un de mes projectiles les plus aérodynamiques. Je soufflais dans mes mains pour les réchauffer, je faisais craquer mes doigts. J'allumais un feu. Ou bien je ne faisais que rester là sans bouger à regarder le ciel, debout, croche comme les planches de notre clôture, ma grosse tuque enfoncée sur la tête. Puis je rentrais, j'allais jeter en tas ma tuque et ma canadienne dans le placard et je venais m'asseoir sur le bord de mon lit. J'étais longtemps la proie d'une rêverie vaste, importante, concrète. À la fin, l'un de mes frères ou ma sœur entrait nonchalamment dans la chambre et me demandait où j'étais passé. Les yeux encore pleins d'un miroitement que je ne m'expliquais pas, je répondais sans le vouloir par un formidable silence.

Nous constations avec le temps que la beauté prenait mille visages, souvent surprenants. Chez nous, papa appliquait sur chaque prise de courant un petit autocollant numéroté, puis il notait ce numéro dans un carnet. Cet homme aux multiples manies nous avait souvent fait crier au fou. Nous fûmes avec l'affaire des autocollants davantage méditatifs que stupéfaits. Nous cherchâmes pendant un moment le sens de cette nouvelle bizarrerie. Nous comprîmes tard qu'il trouvait simplement en cela de la beauté. Chauffé de questions, il tenta bien sûr de justifier auprès de nous son système de numérotation par un obscur besoin de classification. Nous le savions capable de certains déséquilibres de la personnalité. Nous ne crûmes néanmoins rien de ses explications : personne n'est détraqué au point de souhaiter connaître l'exact usage d'une prise de courant. Nous sentions que sa névrose ordinaire, pour une fois, s'exprimait de façon plus attendrissante : il n'entrait dans son idée de catalogage qu'un désir de joliesse, une exigence d'harmonie. Dans un monde imparfait où régnaient trop souvent la cacophonie et la laideur, notre père avouait ainsi silencieusement, avec une touchante maladresse, sa soif d'enchantement, d'idéal. Malheureusement, il confondait tout : il prenait l'ordre pour de la beauté, et cherchait dans l'organisation des choses, qui n'est qu'un support, l'émotion qu'il pressentait mais dont il n'arrivait pas à s'imprégner. Cela n'était qu'un autre de ses stratagèmes afin de s'éviter une rencontre avec lui-même. De loin en loin, il semblait s'en apercevoir. Il lui arrivait de nous observer à la dérobée. Nous sentions son regard posé sur nos nuques frêles, sur nos petits dos supportant un monde de joies dures, de riches pauvretés et de prospères infortunes, le monde de l'enfance. Cet être si peu enclin à l'introspection se questionnait brièvement : comment faisions-nous pour ne pas avoir peur, pour laisser ces constantes exaltations, ces agitations, ces désarrois, ces chagrins, ces mystères et ces surprises nous étreindre, nous soulever, nous briser ? Puis il reprenait la lecture du journal, un instant troublée par ces pensées décidément indésirables.

6

Nous enquêtions sur son âme. Nous trouvâmes un jour dans le *Dictionnaire des proverbes et expressions* cette phrase de Victor Hugo qui nous laissa longtemps perplexes : « Le corps humain cache notre réalité, la réalité c'est l'âme. » Nous nous assoyions sur le plancher, la tête pleine de pensées obscures et dignes. Adossés à nos lits, nous glissions imperceptiblement au fur et à mesure de notre réflexion. Le plus difficile était d'abord de nous persuader que papa avait une âme, une profonde réalité intérieure. Nous nous approchions encore de lui, sondant ses paroles, défaisant en séquences ses moindres gestes. Nous avions beau l'étudier lorsqu'il mangeait, conduisait sa voiture, modifiait ses appareils, faisait la sieste : nous ne détections rien chez lui de ce que nous découvrions bel et bien en nous-mêmes, ce supplément de conscience accordé à la cervelle par le corps comme pour le conduire, et qui constitue le véritable poids d'un homme. Nous éprouvions cela. Ce n'est pas parce que nous vivions dans des corps exigus, renfermant des cerveaux encore récents, que nous n'avions pas idée du fonctionnement de ces corps et de ces cerveaux. Nous consultions nos ouvrages. Benoît dénicha un jour dans la revue *Le Petit Géographe*, cédée par la *Librairie Roy* contre cinquante-cinq *cents*, que tout individu se trouvant à l'équateur pèse moins lourd que n'importe où ailleurs. L'idée de ce mystérieux effet de la force centrifuge nous entraîna dans un débat vigoureux. Les plus jeunes d'entre nous tentèrent pendant tout un après-midi de convaincre la section moins novice de notre troupe que papa était au fond un Équatorien, et qu'il avait conservé de cette origine la légèreté de l'être. Un combat oratoire mémorable, assorti d'un bel exercice de démocratie querelleuse, confirma la majorité dans la victoire. L'audacieuse explication de Jean-Luc et Benoît fut abandonnée. Non, il nous fallait chercher ailleurs la cause de ce poids en moins dans la tête paternelle.

Son intelligence n'était pas en cause. Il nous faisait même parfois la preuve qu'une pensée lumineuse s'agitait en lui. Lorsque, par mégarde ou par lassitude, il cessait de se méfier de lui-même, par exemple lorsqu'il était particulièrement heureux, ou plus paisible que d'habitude, ou encore qu'il s'abandonnait pour un moment à sa fatigue, nous découvrions un homme à la candeur étonnante, enfin sans défense superflue, prêt à tous les aveux, toutes les bontés, tous les ravissements. Son immense savoir s'éclipsait alors au profit de ce que le savoir lui-même suggère de plus utile et de plus beau : un art de vivre. Nous ne le trouvions jamais plus intelligent qu'au cours de ces instants bénis où il cessait d'être un censeur, un juge et un tribun pour devenir un père, un protecteur. Nous nous observions. Derrière les vitres de nos lunettes toujours barbouillées, de jeunes yeux luisaient d'une fierté béate. Le soir, nous nous faufilions sous nos draps de coton en songeant à notre chance. Peut-être lui-même, à ce moment, mesurait-il aussi sa chance, ou l'avait-il mesurée tout à l'heure, tandis qu'il se rapprochait de nous. À la fin en tout cas, nous renoncions à rechercher en lui l'existence d'une âme. Bien après minuit, nous l'entendions ronfler, allongé dans son lit aux côtés de maman. Ce puissant et rassurant témoignage de sa présence dans la maison nous suffisait.

Nous réfléchissions parfois à sa mort. Nous pensions trouver dans nos lectures le réconfort que nous ne découvrions pas dans nos observations. Mais même les plus convenables des pages que nous parcourions nous décevaient. Lassés, refermant bruyamment l'un ou l'autre de nos précieux livres, quelques-uns parmi nous les comparaient aux bouquins de Christiane, si rasoirs, sans pesanteur, sans objets utiles et sans dommages collatéraux, en somme si dépourvus de réalité. *Tout* était-il donc plus beau dans les livres, même la mort? Où était la vraie vie, avec ses fléaux, ses ruines et ses cadavres? Et c'est alors que nous commençâmes à émettre nos premiers vrais doutes sur nos lectures. Papa et maman, en achetant pour nous et à notre demande ces encyclopédies, ces dictionnaires, ces recueils et ces revues coriaces contribuaient-ils vraiment à notre essor? Nous réalisions que toutes ces pages lues nous trahissaient peut-être. Nous les comparions un moment à du théâtre. C'était comme s'il fallait que, même dans ces écrits sérieux, un spectacle ait lieu. Des comédiens se tenaient là, au milieu d'une scène. Ils s'adressaient à un public, docilement entré dans cette salle dont la lumière changeante n'était cependant pas destinée au spectateur, mais au décor et à ses personnages. On y entendait des voix déclamant des tirades accompagnées de gestes emphatiques. Nous découvrions qu'il y avait au fond toujours quelque chose de faux, de maquillé même dans les livres les plus vrais. Ce fut à la fois l'une de nos désillusions les plus accablantes et la plus belle de nos trou-vailles : la vérité n'était donc jamais nue, mais plutôt ornée de ces fioritures qu'accroche la morale, cette grande assoiffée d'absolu, lorsqu'elle se mêle de questions qui ne la regardent pas. Nous devînmes suspicieux, mais nous fûmes aussi sou-dainement plus joyeux, puisque nous commençâmes à partir de cette époque à entretenir un scepticisme fécond, libéré de la tyrannie des avis que l'on tient généralement pour des cer-titudes et qui ne sont que des approximations de la pensée. En somme, nous apprenions à réfléchir véritablement. Cepen-dant, nous n'étions pas prêts à renoncer à nos lectures. La mort de papa, lointaine, irréelle, trouverait peut-être encore au moins une part de son explication dans le volumineux chapitre de *L'Encyclopédie de la jeunesse* intitulé « cataclysmes naturels ».

Nous pensions vieillir. Nous ne faisions que vivre moins sommairement. Nous prenions goût au temps qui passe, à ses signes et ses appels. Des saisons arrivaient puis repartaient, déversaient sur nous leur lumière, leurs feuilles roussies, leur poids de neige à pelleter. L'hiver, rassemblés devant la fenêtre, nous guettions bien au chaud les efforts de papa déblayant l'allée avec sa souffleuse électrique. La turbine de cet engin risible ne déplaçait pas la neige : elle la remuait, comme on remue sur le lit une couverture mal ajustée. Il s'essayait pourtant inlassablement à quelque rafistolage. « Modernisons un peu ce petit moteur », répétait-il chaque année vers le 20 novembre, étalant méticuleusement les pièces de sa souffleuse sur la table de la cuisine. Nous lorgnions du coin de l'œil les voisins aux commandes de leurs puissantes machines à essence. En moins de deux, leurs allées étaient impeccablement dégagées. Mon père s'esquintait pendant une heure sur la nôtre, vainement. Le vieux mystère et sa question nous revenaient en tête : pourquoi croyait-il à ce point en l'électricité ?

Nous étions bientôt appelés en renfort. Nous enfilions sans l'habituelle pétulance nos canadiennes, nos spacieuses tuques, nos mitaines et nos bottes de caoutchouc. Cette petite troupe rejoignait à la fin notre père aux prises avec les éléments. Adossés au pare-chocs arrière, nous poussions avec un enthousiasme relatif la Chevrolet enlisée dans le banc de neige. Installé au volant, papa faisait gronder le moteur. Benoît sortait bientôt de nos rangs et allait sucer un glaçon. Nos petites jambes, bien plus aguerries à la fuite qu'au dépannage automobile, n'étaient que d'un secours médiocre. Quoi qu'il en soit, comme toujours, nos forces conjuguées venaient à bout de l'adversité : la voiture était finalement éjectée de son trou de glace. C'était chaque fois un moment de pure exultation. Nous projetions nos mitaines et nos couvre-chefs haut vers le ciel, nous perdions la voix à force de crier, célébrant cette victoire de l'homme sur la nature. Il y avait dans ce tableau quelque chose de prémonitoire, un aperçu de la joie que nous allions éprouver plus tard en coudoyant avec une sorte d'ivresse la réalité, nous réjouissant à l'idée de nous mesurer complètement à elle et de sentir en nous-mêmes la force nécessaire pour venir à bout de ses difficultés, de ses déceptions. Calme, souveraine, maman sortait à son tour de la maison. Notre père, garé prudemment dans la rue, combattait à présent contre les portières pétrifiées de l'auto. C'est dans un affreux grincement de métal congelé qu'une ou deux s'ouvraient enfin. Nous nous glissions à la queue leu leu sur la banquette arrière. Nous voyagions à huit dans ce chariot, cette table roulante. Pierre était fort pâle. De la vapeur d'eau nous sortait des narines. Papa en effet mettait alors en pratique l'une de ses théories les plus haïssables : il ne chauffait pas la voiture parce qu'il prétendait qu'ainsi la neige ne « collait » pas au pare-brise, ce qui améliorait la visibilité. Nous nous insurgions contre cette infamie comme des darwinistes devant un curé. Heureusement le trajet n'était pas long : nous débarquions au bout de dix minutes chez *Steinberg* où, tandis que maman faisait l'épicerie, nous pouvions enfin nous chauffer et dérober sur les étals quelques caramels *Kraft*, nos préférés. Papa quant à lui attendait dans la voiture.

Comme la plupart des hommes peu confiants, il menait une vie trop rangée, redoutant les embûches plus ou moins brusques dont toute destinée est pourtant semée. Il ne semblait pas se rendre compte qu'en s'alliant les faits, qu'en acquiesçant aux hasards même les plus malheureux, il aurait pu mener une vie plus ample, peut-être plus riche. Cette ignorance, ce manque de désinvolture le repoussaient dans une sorte de désert. J'ai souvent fait ce songe de mon père marchant au milieu d'un pays vide, désolé, abandonné par ses habitants. Je m'éveillais au milieu de la nuit, pénétré de ces dures images. Je choisissais de ne plus dormir : j'attendais l'aube comme on attend, un seau à la main, que vienne la pluie.

Sa vie nous échappait, et pourtant elle nous émouvait. Une espèce de fiabilité rare, plus impressionnante encore que la fidélité, très rassurante en tout cas pour les petits enfants que nous étions, conduisait cette vie étrange, vécue comme à côté des choses. Et cependant, mon père conservait peu de l'aisance de sa jeunesse. L'homme qui avait un jour flirté avec maman à bord d'un bateau sur le Saint-Laurent n'existait plus. Cet homme-là pourtant nous aurait intéressés davantage. Nous l'aurions mieux aimé : sa légèreté, qui s'est muée plus tard en futilité, nous aurait plu, précisément parce que la légèreté est si souvent le signe d'une profondeur. Nous nous attachions à présent à un être plus inquiet, non pas moins sensible mais plus vain, plus insaisissable. Nous constations encore chaque jour qu'il n'était pas difficile à aimer. Mais nous aurions préféré l'aimer autrement, plus en accord avec nos jeunes esprits désinvoltes.

Nous avions dans la famille, du côté maternel, un grand-oncle mystérieux, que nous ne rencontrions qu'à Noël, et qui se prénommait Wallace. Nous ne sûmes jamais très bien où habitait, ce que faisait, ce que pensait ce personnage déjà vieux mais encore rieur, qui visiblement entretenait en lui-même beaucoup de la joie de l'enfance, et qui pour cette raison précise aimait les enfants. Ce qui nous intéressait prodigieusement était le fait que Wallace était magicien. Son regard bleu nous transperçait. Et tandis que nous étions comme ensorcelés par ces pâles yeux clairs, il tendait la main vers nous, nous effleurait, puis faisait tout à coup apparaître entre ses doigts nus une pièce de dix *cents* jusque-là inexplicablement logée dans le pli d'un de nos coudes, ou derrière l'oreille. Nos petites têtes médusées, dont nous assumions pourtant qu'elles étaient déjà imperméables à tout ésotérisme, étaient alors prêtes à tout croire : dieu, diable, spiritisme, providence, horoscope, fin du monde. Amusé, Wallace exécutait encore quelques tours. Une fois, il nous fit écrire sur une feuille de papier une série de chiffres que nous devions garder secrets. Chacun de ces chiffres fut deviné par lui, dans l'ordre. Les choses les plus diverses, venues de nulle part, jaillissaient subitement de ses longues mains : cartes, bijoux, stylos, billets, et même à l'occasion quelque objet nous appartenant et que nous avions cru bien à l'abri dans nos poches. Nous étions éperdus d'admiration. Même Jacques, qui en avait vu d'autres, restait sans voix, confondu et raide, ses longs bras rectilignes plaqués sur ses flancs, ses souliers vernis cloués au parquet. Nous nous tournions vers papa. Nous l'apercevions près du sapin, dont il avait, en trafiquant quelques fils, modifié l'intensité d'éclairage des ampoules. Un verre de mauvais vin à la main, il discutait plaisamment d'orgue ou de grille-pain avec un ou deux convives assez polis pour ne pas fuir. Nous nous troublions un moment. Était-ce l'effet de cette soirée unique dans l'année, de ces lumières colorées, des cadeaux jonchant le sol sous l'arbre, de ce sentiment tout à coup si vif du passage du temps ? Nous quittions le monde envoûtant et inouï sorti des mains de Wallace pour entrer dans celui, sans magie, de notre père. Nous songions à notre vie dans cette maison de banlieue ordinaire où, à défaut de magie, une forme d'enchantement enflammait parfois nos cœurs, nos esprits et nos imaginations. Nous rêvions aussi à notre avenir. Nous aurions un jour en commun des histoires, des chansons, des lectures, des poètes et des héros, une façon d'apprêter la soupe et de cuire le rosbif. Nous sentions s'aménager en nous une même mélancolie, curieusement démentie par une semblable et forte disposition pour le bonheur. Nous ne serions ni célèbres ni inoubliables. Nous continuerions à tendre un arc, celui de notre volonté. Nous ne cesserions pas d'être téméraires, de faire confiance à nos yeux et nos esprits. Nous refuserions encore cette idée si répandue qu'un lieu commun équivaut à une vérité. Notre grande affaire consistait à demeurer libres, ou à le devenir : à trouver notre vraie stature, la maintenir.

Nous nous disions que papa, certains jours, certains soirs de Noël, ne semblait pas plus malheureux que nous. En définitive, les frontières qui nous séparaient n'étaient pas si étanches, et nous savions au fond que ce que nous devenions était au moins en partie son œuvre. Nous nous serrions tout à coup comme des chiots autour de ses jambes. Il cessait de parler, baissait les yeux sans comprendre vers cette bande de gamins agglutinés à ses pieds.

7

Il y avait aussi les jours où rien ne se passait, où nous restions comme affalés dans l'enfance, la bouche ouverte, un album de *comics* à la main. Nous mesurions la longueur de nos pieds, la largeur de nos épaules, nous nous soulevions les uns les autres. Rien n'avait changé : nous étions toujours ces espèces de fruits verts jamais suffisamment mûrs, de même forme, de même poids, avec au cœur la même impatiente graine. Le présent refusait de nous laisser franchir cette sorte de seuil consacré qui permet aux gens de devenir eux-mêmes, d'être capables enfin de regarder en arrière et d'évaluer le parcours, d'accéder, en somme, à leur avenir. Nous trouvions la vie lente, et injuste : pourquoi nous contraindre ainsi dans ces corps encore approximatifs, nous astreindre à une si interminable attente ? Notre futur, lui, ne nous attendrait peut-être pas indéfiniment. Nous sautions la clôture et allions encore caresser le poil dur des chiens. Nous nous disions que, comme eux, la vie allait bien s'ébrouer un jour et commencer à nous japper dessus pour qu'on la détache du pieu.

Nous ne suivions guère la mode vestimentaire. Maman commandait pour nous par téléphone chez *Eaton* ou chez *Simpson* les habits les plus pratiques et les plus résistants, à défaut d'être les plus dans le vent. Je ne me souviens pas d'avoir vu nos petites silhouettes dessinées par autre chose que des tenues souriantes, mais conformes. L'argent, chez nous jamais manquant mais toujours difficile à gérer, intervenait bien sûr dans ce choix que faisait notre mère d'un habillement en somme banal, sans personnalité. Nous vivions aisément avec cette contrainte. Et s'il nous arrivait de souhaiter briller dans des vêtements mieux ouvragés, plus rares et moins frustes, nous nous consolions en nous tournant vers d'autres jeux.

Papa n'avait pas notre coquetterie. Un jour, en vidant sa penderie pour y ranger les pièces d'un aspirateur, il mit au jour tout un tas de vieilleries, dont une chemise aux manches à moitié décousues mais qu'il portait encore sous un chandail assez affreux. Des chaussettes trouées, des camisoles usées à la corde, d'horribles pantalons infroissables, des chaussures datant d'un autre temps complétaient sa garde-robe et formaient, sur les cintres et dans les tiroirs, une sorte de paysage bombardé. Un rire tendre mais inextinguible s'était emparé de nous tandis qu'il rangeait dans notre placard ce ramassis de choses rompues, ces symboles forts d'un homme si visiblement détourné de lui-même. Sa façon de se vêtir reflétait en somme sa relation avec le monde. C'était quelqu'un de très peu sensible à l'élégance de ce monde-là, à l'espèce de parement que le temps qui passe dépose parfois, comme un vêtement, sur les choses. Il ne s'*habillait* pas pour sortir de chez lui : il effaçait plutôt une couche de sa personnalité qui ne lui plaisait pas et qu'il dissimulait sous des habits informes, sans expression et sans âme, comme pour mieux souligner encore son absence au monde, pour mieux dire qu'il s'y sentait étranger et pour avouer qu'il n'y trouvait aucune grâce. Cette manière de se recouvrir de vêtements faisait songer à tout sauf à *l'art de se vêtir*. Il voulait, en revêtant chaque matin son costume, laisser croire à sa propre disparition : l'univers, la terre, la société, et peut-être l'existence elle-même, n'étaient pas faits pour lui. Nous réfléchissions à cela en nous éveillant. Nous enfilions nos petites tenues d'enfants, qu'un livreur avait apportées jusqu'à nous dans son gros camion. Puis nous sortions de nos chambres, nous passions à table, nous lisions, en mangeant, le texte des boîtes de céréales et des bouteilles de jus. Graves et tracassés, nous observions papa, assis à nos côtés et attendant que le grille-pain catapulte ses *toasts*. Nous jaugions sa mise d'un œil implacable. Cet éternel inculpé s'apprêtait pour une autre journée. Nous convoquions une réunion extraordinaire dans la remise. En hiver, nous faisions mieux : nous nous tassions dans l'iglou fabriqué de nos mains maladroites. Jacques, le plus grand, devait toujours s'y tenir courbé, son dos épousant la forme du dôme. Nos tuques à pompon raclaient le plafond. Puis, l'un de nous posait la question jamais tout à fait réglée : qu'est-ce que se vêtir ? Nous comprenions que cela consistait paradoxalement à se dénuder, à dévoiler en quelque sorte ce que nous sommes profondément. Nous nous passions en revue. Nos canadiennes aux contours bien carrés, semblables à de petits vaisseliers, annonçaient six âmes franches, calées, dont la forme s'accordait avec un monde souvent anguleux. Nos couvre-chefs, enfoncés au possible, révélaient quant à eux des esprits chauds, peut-être embrasés, que nous savions brûlants de questions, de volontés et de vigilances. Nos bottes de caoutchouc elles-mêmes, avec leurs agrafes sur le côté, confirmaient une marche en avant certes encore mal assurée et bruyante, aux étranges bruits de succion, mais pour l'essentiel imperméable aux trombes, aux tourmentes et autres intempéries de l'existence. Papa, lui, en se vêtant comme il le faisait, ne se dévoilait pas ainsi que nous le faisions. Non, il ne s'habillait pas. Il se déguisait en une espèce de spectre, se cachait sous son grand manteau d'invisibilité, ce qui est l'exact contraire de se vêtir. Nous nous souvenions tout à coup de nos récentes lectures. Christiane avait déniché quelque part que les guerriers d'Amazonie réduisaient autrefois la tête de leurs ennemis. L'ayant évidée, ils faisaient bouillir la peau de celle-ci, pour ensuite la sécher en la bourrant de cailloux brûlants et de sable, ce qui en ramenait la taille aux dimensions d'une pomme ratatinée. Nous discutions longtemps de cette technique épatante. Puis nous songions encore à papa, aux cailloux ardents que, peut-être, il s'était efforcé de placer au milieu de lui-même afin de rapetisser l'espace nécessaire à son occupation du monde. À la fin, Jean-Luc s'assoupissait puis, s'appuyant imprudemment au mur de l'iglou, passait au travers et faisait s'écrouler toute la structure. Nous nous extirpions des décombres en râlant, puis nous levions l'assemblée.

Nous nous intéressions à notre âme. Nous n'étions pas dupes de ses embuscades, de ses gels toujours suivis de fortes débâcles. Nous suivions avec intérêt ses progrès, ses hésitations, ses tentatives de commandement, cette autorité qu'elle cherchait gauchement à exercer sur nos esprits pour cela encore trop jeunes. Nous distinguions en nous les contours, de moins en moins flous, de cette âme en constante lutte contre une intelligence, un cœur et un corps toujours plus puissants qu'elle. Nous persistions pourtant à lui accorder beaucoup d'importance. Nous aimions ce roseau fiché au milieu de nous-mêmes, qu'une eau à la fois trop trouble et trop claire agitait sans relâche. Nous pressentions que ces pensives intuitions, cette gravité toujours interrompue par nos jeux, ces furtifs entendements, ces vertiges et ces soudains délires formeraient un jour le meilleur de nous-mêmes. Nous nous y attachions.

Tout cela prenait lentement forme. Comme toujours, nos livres nous aidaient à patienter. Il arrivait que l'un de nous, au fil de ses lectures, découvre un filon, une veine d'or, une phrase bouleversante permettant à nos âmes de s'ouvrir. Jacques repéra un jour dans les pages du *Sélection du Reader's Digest* cette pensée qu'il nous lut, et qui fut comme une clé : « La souffrance est pire dans le noir. On ne peut poser les yeux sur rien. » Écrasante d'émotion, la petite seconde de silence qui suivit la fin de cette lecture fut peut-être le premier des pas que nous fîmes hors de l'enfance. Nous eûmes alors collectivement le sentiment, au milieu de cette chambre tout à coup trop exiguë pour nos six vies, d'avoir enfin atteint quelque chose de vrai. Mais cette certitude étrange était accompagnée de celle, peut-être plus poignante, de n'être encore qu'au début de nous-mêmes, que pratiquement tout restait à apprendre. Nous n'eûmes jamais autant que ce jour-là, je crois, l'impression d'attendre notre venue. Nous nous précipitâmes dans la rue. Nous nous saisîmes de nos craies et nous écrivîmes sur l'asphalte en lettres immenses et colorées la phrase du *Sélection*. Deux ou trois de nos camarades arrivèrent et lurent, interloqués, les mots sacrés dont nous venions de faire le symbole de notre entrée dans l'avenir. Nous les regardâmes s'esclaffer, ridiculisant la sentence si douce à nos oreilles. Nous les mîmes en fuite en bottant les fesses à ces têtes de linottes, ces faces de carême, ces pris du cœur.

Nous cherchions chez papa de semblables sursauts, les glissements de terrain et les lancements de fusées qui nous agitaient avec tant de violence. La musique, la science, l'électricité le remuaient considérablement. Mais nous refusions de croire qu'il n'était pas lui aussi habité par une vie intérieure bouleversante, que le regard qu'il posait sur les objets et les gens ne se traduisait pas par un sentiment d'immense gratitude ou de fascination. Ce n'est pas qu'il se désintéressait du fonctionnement profond des choses. Sa manie, ou son réflexe, de démonter le moindre appareil le prouvait bien. Seulement, il paraissait justement confondre les objets et les êtres. Armé de son tournevis, il se penchait au-dessus de ses machines ouvertes comme un aliéniste se penche sur une âme béante. Nous nous postions au bout de la table, le menton appuyé sur les mains. Nous le voyions se frotter la tête pensivement, déposer un moment ses lunettes, saisir une pince, hésiter. Que voyait-il dans ces soudures, ces aménagements de fils, ces transistors, ces électrodes? Que comprenait-il au juste de ces choses, et pourquoi inventait-il sans cesse des façons d'en trafiquer le fonctionnement? Quelle fabuleuse quête poursuivait donc ainsi notre père? Une pensée nous venait: peut-être espérait-il par cette exploration se comprendre mieux lui-même, mais en usant d'une sorte d'astuce. Nous nous disions qu'il tentait possiblement de s'étudier d'un peu plus près, mais en s'approchant de rouages plus limpidement agissants que les siens, ajustables à volonté, et même court-circuitables, à sa merci, en somme. La carcasse éventrée du four à micro-ondes, le fatras de pièces métalliques disposées sur la nappe ne nous intéressaient guère. C'est papa que nous guettions. Lorsqu'il paraissait, nous refermions nos livres. Il était toujours le plus fascinant sujet de notre étude. Oui, nous cherchions une âme chez ce fou, cet obsédé. Nous croyions parfois saisir celle-ci dans la curiosité même dont il faisait preuve, dans son effort de compréhension et de mainmise sur des objets, certes inanimés, mais en définitive vivant leur vie propre grâce au courant électrique, dans cette forme d'ardeur et de transport que devait lui suggérer l'électricité. Et cependant, nous étions trop familiers avec les effets de la curiosité pour la confondre aussi grossièrement avec l'âme. Nous retournions à nos jeux, et nous nous apercevions que nos dessins, nos promenades à *bicycle*, et même nos flâneries n'avaient plus la légèreté coutumière. La nuit venue, au fond de nos lits, nous restions encore longtemps à imaginer notre père cherchant son âme dans les entrailles d'un aspirateur. Nous ne parlions pas. Christiane, seule dans sa chambre rose, restait muette aussi : nul message codé ne traversait la cloison. Chacun de nous pensait : « La souffrance est pire dans le noir. On ne peut poser les yeux sur rien. »

8

Sa vie était dans ses carnets. Il tenait des statistiques sur tout : météo, circonférence des arbres dans la cour, nombre de repas pris chaque année, heures de sommeil, pourcentage de rouille sur l'auto, mille détails noircissant des pages et des pages. Nous lisions tout cela par-dessus son épaule, les yeux ronds, nos petites mains agrippées à nos lunettes. À chaque année correspondait un carnet, qu'il conservait soigneusement afin qu'il puisse établir des moyennes, mettre en évidence certaines constantes ou, plus simplement, admirer l'ordonnance de ces calculs ahurissants d'inutilité. Le dimanche, nous l'entendions parfois, entre deux disques de Bach, réciter fièrement à maman quelques colonnes de chiffres. Cette frénésie de précision formait à la longue une espèce de lit, trop court mais commode, sur lequel il se reposait tout entier. Tout homme a besoin d'exactitude. Même les existences les plus dissolues ne peuvent être absolument abandonnées au hasard. Mais la forme d'exactitude pratiquée par papa était la plus désolante, la plus simpliste : il y avait en elle quelque chose de trop conforme, une symétrie que la vie ne nous semblait pas exiger. Nous comprenions l'attrait qu'exerçait sur lui une certaine futilité : nous étions nous-mêmes plutôt versés en ce domaine. La nôtre cependant était pleine d'une légèreté prometteuse, de tapages libérateurs, de profitables âneries. Nous engrangions ces choses, convaincus que nous serions un jour grâce à elles de meilleurs hommes, équilibrés, ni saints ni vauriens. Mais la futilité de papa était bel et bien vide : la joie qu'elle lui procurait n'avait rien de durable, et mourait aussitôt ses carnets refermés.

Jacques nous envoyait en mission, à tour de rôle. Nous nous glissions subrepticement dans les allées de la *Libraire Roy*. Plus ou moins cachés dans le rayon des magazines, nous lisions en secret les articles de psychologie populaire. Christiane était à ce jeu la moins productive : elle ne nous ramenait jamais que le compte-rendu du courrier du cœur de Janette Bertrand, publié chaque semaine dans *Le Petit Journal*. Esprit pratique, tour à tour plus décidé et moins patient que les autres, il m'est arrivé quant à moi de chiper carrément l'un et l'autre de ces magazines. Nous pouvions alors les consulter à notre aise, confortablement installés dans la remise ou, au lit le soir, recroquevillés sous nos couvertures. Cette science durement acquise nous servait à fonder une théorie quant aux habitudes de papa. Nos cerveaux bien irrigués, constamment nourris de lectures et d'âpres débats, nous aidaient à décrypter sa pensée fuyante. Nous peinions à le saisir. Néanmoins nous avions appris à entrer dans son jeu : nous nous imaginions devenus notre père établissant quelques statistiques. Des jours entiers consacrés à cet exercice nous permettaient de conclure qu'il refaisait au dehors ce qu'il n'arrivait pas à bâtir au-dedans. C'était un être soluble, un château de sable : tout en lui paraissait se défaire au contact d'une vague un peu forte. Nous consultions ses carnets. Les chiffres bien alignés, hypnotiques, formaient à la longue les solides piliers qui manquaient tant à son architecture personnelle. Papa dessinait au fond sur ces pages ce qu'il aurait tant voulu voir se former à l'intérieur de lui-même.

Nous discutions de cela pendant tout l'hiver. En juillet, assis tous les six sur les branches du grand orme, nous y songions encore. Le vent soufflait du bout de la rue. Nous restions longtemps sans rien dire, nos brosses plus pâles que d'habitude, blondies par le soleil de l'été. À la fin, nous entendions maman nous appeler pour le souper. Nous quittions en hâte notre arbre et courions comme des dératés vers la maison, réfléchissant déjà à quelque coup pendable destiné à notre sœur. Nous nous sentions aimés. Nous avions pris l'habitude, de la part de notre mère, de ces marques d'affection discrètes, non pas économes mais délicates, dépouillées. Une générosité clairvoyante, une méfiance sage lui permettaient de mesurer avec justice nos fréquentes, nos inévitables erreurs. Toujours prêts à apprendre, nous n'aimions pas cependant qu'on nous donne des leçons. Son art consistait à nous initier à notre insu aux choses les plus importantes. Son indulgence par exemple, qui n'avait rien à voir avec l'indécision, mais tout à voir avec l'intelligence, nous instruisait beaucoup. Tel était l'effet sur nous de cette éducation bien faite, la meilleure qui soit : nous reproduisions tout cela sans nous en apercevoir. Elle nous connaissait mieux que quiconque. Nous nous efforcions pourtant de presque tout lui dissimuler : nos mensonges, nos faiblesses secrètes, notre aléatoire bravoure, notre ardeur parfois honteusement calculée. En réalité notre vie auprès de maman était faite de mutuelle finesse, d'une intuition lucide qui nous épargnait de part et d'autre toute nécessité de confidences ou d'explications. Et nous découvrions que cette espèce de cohésion muette s'appelait l'amour.

Il y avait non loin de chez nous un terrain vague et encore sauvage, que les enfants du quartier avaient rapidement baptisé « la dompe », parce qu'on trouvait là en permanence quelques pneus crevés et deux ou trois sofas démolis. Nous y allumions des feux, dont nous perdions très souvent le contrôle et qui enflammaient les hautes herbes où nous nous étions cachés pour craquer nos allumettes. On nous voyait alors détaler formidablement, le visage barbouillé de suie, paniqués à l'idée que le feu se propage à tout le secteur. Benoît, dont les jambes étaient encore fort courtes, traînait immanquablement en arrière. Pierre et moi devions alors lui faire une « chaise de sultan », c'est-à-dire un siège formé de nos bras entremêlés sur lequel notre petit frère était placé et vitement transporté. Cependant l'incendie, toujours moins tragique que nous ne l'imaginions, finissait par mourir de sa belle mort. Nous songions plus tard, une fois tout danger écarté, que l'amour que nous recevions de maman était à l'exacte image du soudain embrasement de la dompe : inattendu, souverain, impressionnant.

Elle s'accommodait des évidences, et ne savait pas bien comment rêver. Pourtant, elle pouvait facilement, avec un naturel qui chaque fois nous émouvait, dépeindre une sensation pure, ramener à l'esprit avec une extraordinaire tendresse un souvenir, qui d'ailleurs était moins celui d'une personne que celui d'un être, moins celui d'une action que celui d'une manière ou d'un mouvement. Mais elle ne dépassait pas les choses, ne les aménageait pas comme nous le faisions sans cesse, ainsi que le songe l'exige : elle y entrait, et souffrait ou s'émerveillait à cause d'elles. Elle nous aimait ainsi : dans les choses, sans attendre plus que la réalité ne pouvait lui offrir, sauf une sorte d'intelligence tendre qui s'accorderait avec la sienne. Et c'est ainsi que nous devenions des hommes.

Nous nous impatientions encore de ne pas vieillir plus tôt. Quoi qu'il en soit, sauf exception, nous n'imitions pas les grandes personnes : nous ne voulions pas de cette adhésion générale à un modèle, de ce trop facile consentement de la plupart. À la longue, nous constations que, pour nous, les seuls modèles valables étaient ceux qui poussaient à une espèce de folie de vivre. Nous nous apercevions que nous voulions réfléchir davantage que ce minimum qu'on demandait aux gens. Nous souhaitions rester ouverts, éprouver tout ce qu'il nous était possible d'éprouver. C'est pourquoi, sans doute, nous ne recherchions pas beaucoup la compagnie des autres. Mais éviter plus ou moins les autres ne signifie pas les détester. Simplement, nous ne nous sentions pas faits pour fréquenter longuement autrui. Nous restions toujours avec cette impression bizarre, peut-être parce que nous côtoyions beaucoup papa, de vivre des choses que ne vivent pas la majorité des gens. Ce n'est pas que maman nous enseignait à être différents : elle ne souhaitait pas nous placer à l'écart du monde, nous forcer à une solitude ou à un repli qui nous aurait sans doute nui. Elle était consciente par ailleurs de cette sorte d'emportement indigné qui nous habitait, et nous devinions qu'elle respectait cela. Nous aimions sa façon de nous laisser non pas déjà libres mais, disons, inconvenants et hardis, bien que nous ne fussions encore que du grain enfoui dans la terre, et pas nécessairement le meilleur.

Lorsqu'elle observait papa, elle n'avait pas, comme nous, le front préoccupé d'un juge. Je ne veux pas dire qu'elle l'acceptait comme il était : personne ne le pouvait, sauf les voisins, les amis qui ne passaient jamais que quelques moments en sa présence. Mais maman, qui pourtant n'avait pas lu les pages de nos magazines de psychologie populaire, était mieux que nous capable d'entrevoir la flamme irradiante et fluide qui se trouve non pas derrière les êtres, mais au cœur d'eux-mêmes. Elle ne paraissait pas se laisser impressionner par la personnalité compliquée de papa. Elle ne cherchait pas, ou si peu, à le comprendre. Tout au plus la trouvions-nous quelquefois troublée, ou agacée par lui. C'était la chose la plus extraordinaire à laquelle nous assistions : maman qui aimait papa d'un amour si avancé, si peu semblable à la soudure plutôt raide que décrivent trop souvent les gens qui s'aiment. Nous nous émouvions de cela. C'est ce que nous allions plus tard emporter de plus précieux en quittant l'enfance : cette façon de ne pas succomber aux exigences d'un monde trop souvent factice, moins vrai que l'âme. Nous trouvions par ailleurs étrange que l'amour ne soit jamais décrit de cette manière dans nos livres et nos magazines. Nous arrachions quelques pages mensongères, qui nous servaient de combustible à la dompe : nous apprenions à nous méfier des professeurs de vérité.

C'était précisément ce qui nous épatait en regardant vivre notre mère : elle n'avait pas de maître. Mais cela aussi expliquait peut-être sa grande solitude. Elle comptait peu d'amis. Sa voix, à peine inquiète et toujours pensive, était celle d'un sage réfléchissant à un autre monde, celui de la bienveillance, de la douceur et de l'intelligence attentionnée. Je persiste à croire que, si nous l'avons beaucoup écoutée, sans doute ne l'avons-nous pas assez entendue. J'ai compris bien des années plus tard que ce qu'elle tentait de nous dire, et qui la faisait trembler parce qu'elle craignait de nous décevoir, ou de tuer en nous une forme d'enchantement, c'est que l'amour est une chose solitaire, et que cette découverte allait un jour nous faire souffrir.

Papa nous aimait autrement. Nous ne comptions jamais sur ses mots : il était avec eux d'une maladresse stratosphérique. Parfois, un geste plus généreux que les autres, et cependant toujours contenu, nous laissait deviner l'intermittente présence en lui d'un certain séisme, une poussée de volcan vite réprimée. Nous étions formés à cette inaptitude d'un être plus à son aise avec les influx électriques qu'avec l'expression de l'amour. C'était le plus mystérieux de l'affaire : nous le saisissions fort mal mais, malgré sa constante retenue, nous ne doutions pas un instant de son amour pour nous. Notre père était une métaphore. On ne pouvait accéder à lui qu'en le considérant comme une image, ou un symbole. Ce n'était pas lui que nous apercevions, qui vivait à nos côtés, qui roulait au volant de la Chevrolet. C'était son évocation, un portrait de lui que s'entêtait à déformer une sorte de poésie secrète. Il nous fallait sans cesse, pour le deviner au moins un peu, nous mettre dans la peau de ces poètes de l'impénétrable. Autrement, nous avions beau le décortiquer, nous ne trouvions rien au milieu de lui, rien de saisissable. Son amour s'exprimait ainsi par une espèce d'absence : rien n'était dit, ou montré. Tout était suggéré, à la limite supérieure du rêve. Allongés sur nos lits, les bras derrière la tête, nous pensions tout haut. Nous finissions

par nous dire que les orgues, la musique de Bach ou les brico-
lages électriques permettraient peut-être à papa, à la longue,
de sortir plus complètement de lui-même. L'expression de
son amour semblait suivre en tout cas cette même lente montée :
chaque fois qu'il caressait nos cheveux en brosses, nous souriait
du haut du jubé ou nous invitait à une balade en auto, nous
n'ignorions pas que c'était là le fruit d'une maturation com-
mencée il y avait longtemps, imperceptible comme tout ce
qui mûrit. Papa nous aimait ainsi : imperceptiblement,
comme croît une plante encore jeune, mais dont on sait qu'elle
étendra un jour sur nous son ombre fraîche.

9

Était-il heureux ? Nous savions en tout cas qu'il n'avait pas du bonheur notre conception échevelée. Il nous était encore difficile de bien comprendre la supériorité généralement accordée à l'amour : un pressentiment teinté de calme, d'un certain soulagement nous autorisait à croire que nous aurions pu vivre sans cet amour. Notre dévouement impérieux, une même volonté de guetter au loin, la joie de nous reconnaître un passé commun nous réjouissaient peut-être davantage. Il eut été faux par ailleurs de dire que nous étions ambitieux. Nous ignorions trop pour cela ce qu'était le véritable pouvoir. Notre bonheur était plus simple, plus approprié à cette avidité, cette faim que nous sentions creuser nos cerveaux, nos cœurs et nos muscles encore si peu athlétiques. Nous voulions à nos pieds un monde plus vaste, nous nous affairions à bâtir un vaisseau conçu pour un voyage qui durerait longtemps. Nous luttions de notre mieux afin d'éliminer en nous toute trace de religion et de vaines croyances, tout en ne sacrifiant pas à l'être. Nous nous efforcions de ne pas céder avec trop de facilité à nos démons et leur opposions nos jeux, ce que nous connaissions de notre force, notre ténacité de têtes de mules. Vivre avec papa nous avait habitués à l'exceptionnel et à l'introuvable, et nous finissions par éprouver du bonheur auprès de ceux qui comme lui restaient dignes malgré qu'ils fussent différents.

Nous considérions comme des frères les brisés, les inquiets et les fiévreux, tous ces gens qu'on toise d'un air atterré. Dans la cour des maisons voisines, nous n'écoutions que d'une oreille distraite ceux de nos camarades ou de leurs parents qui prétendaient que la tristesse était mauvaise : nous ne la craignions pas, puisqu'elle était toujours exigeante, et que l'exigence nous rendait heureux. Même lorsque nous étions embêtés, nous parvenions encore à sourire, comme s'il subsistait toujours en nous une clarté. Le feu avait noirci une partie de la dompe. L'iglou s'était écroulé. Christiane nous alignait sur le lit pour une séance de lecture des *Mémoires d'un âne* ou nous contraignait à des leçons de bolo. Papa nous racontait la vie de Bach. Mais nous demeurions légers, blagueurs, d'une désinvolte profondeur. Nous cherchions une raison à cette joie. Nous n'en trouvions pas. Nous étions si jeunes : nous nous méprenions encore sur l'essentiel, cette secrète jubilation du corps qui se sait vivant, qui veut sans cesse s'approcher de la douceur du monde.

Papa éprouvait-il tout cela? Était-il heureux? Il lui arrivait bien sûr souvent d'être satisfait, peut-être joyeux. Quelque chose de lumineux irradiait bien de lui, parfois. Mais cette lumière même, extérieure à son être, ne semblait pas le réchauffer et nous rappelait la froide lueur des étoiles que nous allions contempler en pyjama, les nuits du mois d'août, allongés sur le toit de la remise. En de rares occasions que semblait provoquer une sorte de mouvement de son esprit, un feu étrange palpitait dans son regard, au bout de ses mains, dans ses paroles mêmes. Il nous était impossible de donner un nom à ces brefs émois qui l'ébranlaient, le bouleversaient quelquefois, mais qui n'étaient ni ceux de l'homme heureux, ni ceux, plus obscurs et moins durables, du désespéré. Quoi qu'il en soit, ces poussées d'émotion ne paraissaient pas embellir sa vie. Cinq fois la semaine, nous l'observions enfiler son manteau de vicaire puis quitter la maison pour aller travailler : il continuait à nous renvoyer cette image d'un homme non pas malheureux, non pas résigné, mais comme ignorant qu'il peut encore être sauvé.

Je retournais dans la nature. Je consacrais une importante portion de ma vie à la recherche de preuves, à tout le moins d'arguments, de thèses. Je m'étonnais qu'on se résigne ailleurs aux avenues bouchées ou, au contraire, aux horizons faussement ouverts par des opinions qu'on prenait pour des vérités. Je me détournais de ces bornes plantées à même un sol trop friable. J'avais appris de Jacques, puis de ma sœur et de Pierre, que réfléchir, réfléchir vraiment, me mettait au moins en partie à l'abri des duperies des aigrefins, des fabricateurs et des curés. Et je m'avisais en m'approchant des paysages naturels que comprendre signifie aussi imaginer, deviner, apercevoir, frémir et aimer. Je n'en suis pas sûr, mais je crois que j'allais déjà dans les bois afin de mieux réfléchir encore, de trouver des indications qui soient satisfaisantes et qui ne sombrent pas pour autant dans les délires des explications magiques ou la paresse de raisonnements plus simplistes encore. Je me confectionnais un sandwich, je passais par la *Librairie Roy* pour m'acheter une orangeade, puis j'allais m'asseoir sur le bord du ruisseau. J'ignore ce que je trouvais tant à cet endroit.

On ne m'entendra pas répéter les si lassantes phrases de ceux qui dénichent dans la nature de l'apaisement, de la consolation, de la beauté ou une forme de pureté qu'ils ne voient pas ailleurs. La nature ne m'apaisait ni ne me consolait, je ne lui découvrais pas plus de beauté qu'à ma chambre, et je n'étais pas fait pour la pureté. Je restais des heures à pêcher des têtards, à observer les feuilles osciller, à ne rien faire. Quand toutes les connivences avec mes frères et ma sœur ne suffisaient plus, quand je m'étais sans succès fendu en quatre pour mieux connaître le monde, quand je n'arrivais plus à me laisser toucher par lui, quand les dictionnaires, les magazines, les encyclopédies et les catalogues n'avaient plus tant d'impact sur ma pensée ou cessaient de me faire rêver, je dépassais l'horizon de la dompe et m'enfonçais dans la forêt. Je marchais dans les

sentiers, à l'affût des bêtes, j'allais écouter pendant deux heures
le pépiement déconcertant des oiseaux. Je mordais dans mon
sandwich. Je me représentais parfois prenant l'étrange décision
de poursuivre mon chemin au-delà du ruisseau, de pousser
plus loin encore que la voie ferrée du Canadien Pacific coupant
la forêt en deux et nous séparant du reste du monde, de
continuer sous les arbres jusqu'à perdre la piste familière,
avancer, avancer toujours. Je m'émerveillais d'être capable de
vivre sans déchirement la curieuse contradiction qui tout à la
fois me faisait aimer la solitude et m'empêchait de concevoir
l'existence sans mes frères et ma sœur. Je ne résistais ni à l'un
ni à l'autre de ces aspects de mon caractère : chacun était un
sommet. Mais la solitude s'ouvrait sur un autre monde. Je
m'apercevais que j'aimais ce monde-là, peut-être surtout
parce qu'il me donnait accès de façon nouvelle à moi-même.
La fréquentation de mes frères et de ma sœur m'avait appris
à explorer ces greniers, ces puits et ces vides dont j'étais fait.
Je découvrais dans les bois qu'ils pouvaient être fouillés
davantage, et plus durablement. Bien des fois, il m'est arrivé
de me tenir sur les rails et, me dressant sur le bout des orteils,
d'observer au loin puis de créer mentalement la part secrète
de hasards qui, sans doute, m'attendaient au milieu de cette
vie encore neuve, plus rêvée qu'aperçue. M'y aventurerais-
je un jour ? Tout homme envisage au moins une fois dans sa
vie ce genre de départ, ou de fuite. Mais cela me venait à l'esprit plus tôt que les autres.

   Mon père pas plus qu'un autre n'était à l'abri de ce genre
de pensées. Je ne doutais pas qu'elles avaient traversé, déjà, cet
esprit désormais rangé, rompu aux exigences de la vie en
société. Je me demandais si elles le faisaient encore. Exalté,
curieux ou simplement fatigué, papa s'en irait-il un jour,
avait-il toujours ce désir d'horizons lointains, entendait-il
encore l'appel peut-être sacré auquel chacun se dédie au
moins une fois dans sa vie ? Je posai la question lors d'un de
nos conseils tenu dans les branches du grand orme. Un silence

ému suivit mes paroles. Aucun de nous n'avait jusqu'alors envisagé le départ définitif de papa. Quoi ? Ne plus revoir ce visage grave et souriant, ce corps gauche jusque dans ses moindres gestes, dans ses montées et ses reculs, son repos, son immobilité même ? Nous nous agitions un peu. Autour de nous, les branches tout à coup étaient secouées de spasmes. Un *running shoe* tombait sur le sol. Quoi ? Nous priver de cet être tendre et bienfaisant, ne plus nous frotter à cette pensée fruste, cette poutre mal dégrossie, belle pourtant ? Vivre sans papa ? Nous nous étions admirablement formés à prévoir et à accepter beaucoup de choses : la peur, l'écœurement, les saccages, les crises, certaines veuleries, et une grande partie de tous les empêchements inévitables. La peine même que nous causions restait tolérable. La vie sans notre père ne le serait pas.

Nous discutions beaucoup de cela au cours des parties de ballon chasseur auxquelles nous invitaient à participer nos camarades. Lorsque, éliminés par l'adversaire, nous nous retrouvions tous à la vache, nous en profitions pour pousser plus loin encore notre discussion. Nous avions la tâche ingrate d'attraper le ballon lorsqu'il passait, puis de le relancer dans la mêlée. Nous n'en faisions rien. Nous formions un cercle, aveugles au déroulement du jeu qui pourtant se poursuivait à deux pas de nous. Le ballon passait au-dessus de nos têtes. Nous le laissions rebondir et s'éloigner. Les invectives de nos camarades interrompaient nos palabres. Jean-Luc ou Benoît était mandaté par nous pour aller se saisir du précieux objet et le jeter à ces fauves affamés de loisirs. Mais nous ne cessions pas de réfléchir. Un soir, je compris que ma question en avait caché une autre, qu'elle révélait à la fin une pensée plus grave, et fuyante. Je savais qu'il est normal pour un homme de souhaiter s'aventurer hors des domaines connus de la durée et de l'espace, de sentir en lui le goût d'explorer davantage que ce que lui accorde sa naissance : c'est le signe le plus vrai que cet homme-là est encore dans la vie. Ce qui me troublait était différent. J'ai tenu cette nuit-là à ne pas dormir, à consacrer plutôt quelques

heures à l'idée pas tout à fait neuve mais tout à coup bouleversante que mon père allait un jour nous quitter non pas
pour suivre les routes, mais pour mourir. Je mesurais pour la
première fois la conséquence d'un phénomène que j'avais cru
réservé à d'autres : son vieillissement.

Nous nous inquiétions. Tous nos amis considéraient leur
père comme un dieu. Et comme à tous les dieux, on accordait
à ces pères-là les vertus qu'autorisent à la fois la maîtrise et la
force. À sa façon, papa était fort. Nous aimions son intelligence
ordinaire, qui n'était jamais celle de la médiocrité. Son caractère toujours égal nous servait de modèle : bien plus tard, ce
trait essentiel, calqué par nous heureusement très tôt, allait
nous protéger de l'inexorable déclin de la civilité, des progrès
inquiétants de la grossièreté et de la dureté qui l'accompagnent.
Sa douceur aussi était une forme de puissance. Nous ne parvenions pas toujours à imiter cette qualité qui est comme une
irisation de la bonté, mais au moins entretenions-nous une
délicatesse assez vraie. Nous rêvions tout haut à un jour lointain où les doux maîtriseraient le monde. Nous nous y préparions auprès de notre père. Mais ces qualités ne nous suffisaient
pas : il nous manquait encore avec papa la proximité que tout
dieu accorde à ceux qui croient en lui. Il n'existait pas auprès
de lui de possibilité d'union secrète, de réel voisinage. Les confidences, les aveux, les alliances clandestines, les pactes mystérieux, tout ce que les hommes et les dieux ont conclu entre
eux n'était guère concevable entre papa et nous. Ce n'était pas
tant, d'ailleurs, que nous souhaitions faire de lui un dieu :
nous n'éprouvions jamais ce besoin d'une force apaisante, ou
éclairante, chaque fois que nous nous heurtions à la peur ou à
l'incompréhensible. Nous demeurions effrontés, mais nous ne
possédions pas cette sorte d'irrévérence des croyants qui veu-
lent à tout prix trouver une signification aux choses : notre
capacité d'émerveillement nous suffisait, et même si nous
cherchions sans cesse, nous acceptions à la fin de ne pas tout
comprendre. Nous restions humbles. Mais nous voulions un

père normal, c'est-à-dire magnifique, supérieur, infini. De toute manière, il n'y avait pas en lui le supplément de matière nécessaire à la fabrication d'un dieu. C'était un homme, un homme seulement, qui vieillirait et qui un jour ne serait plus auprès de nous.

Une fois l'an, nous grimpions dans la Chevrolet pour aller rendre visite à ses parents et deux de ses sœurs, qui vivaient encore dans la maison natale. Tout nous enchantait dans ce voyage. La traversée du pont Champlain équivalait à elle seule à un envoûtement, une séance de spiritisme : le souffle nous manquait lorsque nous sentions la voiture quitter la terre ferme, s'élever au-dessus des eaux pour franchir le Saint-Laurent. Nos ventres étaient parcourus d'un chatouillis exquis et effrayant. Nous percevions un cliquetis dans l'habitacle : les petits os de Benoît s'entrechoquaient peut-être. Jacques quant à lui jouait les durs et feignait une indifférence blasée, mais les traits de son visage plus pâle que d'habitude étaient délicieusement crispés. La vaste plaine des Cantons-de-l'Est défilait bientôt sous nos yeux. Un monde de foin, de terres ourlées de buissons ondulait sur cette mer blonde et verte. Nous nous imaginions flotter éternellement, à bord de la Chevrolet, sur cette onde végétale, sur ce pays d'or. Pour une fois, nous nous réjouissions de notre extrême jeunesse. Nous nous savions pareils à ces herbes ondoyantes : nous étions occupés à mûrir, à stocker dans nos jeunes fibres quelque réserve d'avenir. Nous tournions en hâte les manivelles, ouvrions les fenêtres. Nos têtes sorties, nous apercevions mieux le ciel bleu, penché, avançant sur tout cela comme un vaisseau amiral.

Nous entrions au bout d'une heure dans la petite ville de Waterloo, puis dans la rue Taylor, où nous retrouvions la maison de bois. Dans l'allée, nous nous délestions déjà de nos souliers vernis. Car notre premier contact était avec le parquet toujours ciré à la perfection, sur lequel nous nous empressions de nous élancer, pourvus de nos seules chaussettes, pour d'interminables glissades. Un ou deux objets précieux, bibelot ou porcelaine rare, étaient immanquablement détruits au cours de ces jeux. Sommés de nous calmer les nerfs, nous nous soumettions alors à l'incontournable : saluer puis embrasser nos tantes Alice et Olivette, ainsi que nos grands-parents. Grand-papa Jos, peu loquace, se retirait vite dans l'atelier, où de mystérieux travaux le tenaient occupé. Éléonore, notre grand-mère, restait assise près de la fenêtre, discutait plaisamment avec papa et maman. Alice préparait le repas de viande, qu'accompagnait pour notre plus grande déconvenue l'habituelle purée de navet. Olivette nous fascinait. Cette voyageuse bronzée, à l'ineffaçable teint de cuivre, spécialiste des mers du Sud, avait tout vu : océans turquoise, hauts palmiers chevelus, plateaux garnis d'ananas, hommes noirs vêtus de pagnes. Le récit de ses périples antillais avait sur nos jeunes têtes l'effet des cigarettes que nous fumions parfois derrière la remise : un vertige nous prenait, qui nous laissait chancelants. Au salon, la bouche ouverte, entassés sur l'unique sofa de la maison de Waterloo, nous écoutions notre tante Olivette. Des avions la déposaient en des lieux pour nous encore difficiles à imaginer, où la mer commençait au bout de la rue, où le soleil, beaucoup plus que l'ordinaire source de chaleur et de lumière, devenait le bienfaiteur de l'espèce, l'éternel horloger réglant l'ordonnance de nuits et de jours indolents, faciles, d'une oisiveté formidable. Même nos livres ne provoquaient pas en nous de songes aussi beaux. Nous nous disions que tout pays où poussent des ananas devait abriter une vie plus haute, plus proche de ce monde de l'âme auquel nous réfléchissions si souvent.

Le soir venu, nous remontions dans l'auto. Le trajet de retour se déroulait dans le calme : un silence étonnamment pur régnait sur la banquette arrière. Papa et maman mettaient cette quiétude soudaine sur le compte de la fatigue. Ils avaient tort : simplement, chacun de nous échafaudait ses songes. La bouche encore ouverte, appuyés pêle-mêle les uns sur les autres, le regard perdu dans le vide, nous nous imaginions en négrillons, portant lunettes et souliers vernis, vivant sous les tropiques auprès d'une mère à la peau noire, brûlant tous les dimanches le rosbif, et d'un père, noir aussi, obsédé d'électricité.

10

Jean-Luc éprouva des difficultés à l'école. Curieusement, ce contemplatif avait toujours été affairé. Des plans ambitieux, d'incroyables inventions et des stratégies tortueuses naissaient de ce cerveau peu fait pour la ligne droite. Nous avions prévu son désintérêt pour l'école : Jean-Luc fut plus que nous, et plus tôt, attiré par des perspectives différentes de celles que proposaient les livres. Nous nous passionnions pour des théories qui n'étaient le plus souvent que des spéculations, des projets que nous confondions couramment avec nos visions. Il rejetait tout cela en se moquant amicalement de notre sérieux. Ce n'est pas qu'il réfléchissait moins que nous : il réfléchissait davantage. Mais le sentiment d'urgence, la volonté d'aller plus loin et la force que nous éprouvions par intermittence empruntaient chez lui d'autres formes. Un enfant, d'habitude, n'a pas d'idéaux : ces songes enserrés de réel sont le fait des êtres enfin sortis de la prison où les maintenait le perpétuel temps présent de l'enfance. Mais à nous, qui avions la chance inouïe d'être capables d'imaginer l'avenir, d'imaginer même la mort (celle des autres au moins), le beau mot d'idéal était familier. Nous portions le nôtre chaque jour avec plus de profondeur, puisque l'enfance chaque jour nous modelait un peu plus. Les épaules de Jean-Luc ne soutenaient pas ce poids que nous avions mis sur les nôtres : c'était un être libre, en tout cas le plus libre d'entre nous. Son propre idéal était moins élevé, et peut-être plus sage. Il consistait d'abord à rompre avec la fièvre qui nous caractérisait. Il restait calme. Il était arrivé à un mystérieux accord entre l'être, la pensée et le monde. En enfonçant s'il le fallait quelques portes, en déboulonnant au passage deux ou trois statues, nous voulions changer radicalement la vie. Jean-Luc ne souhaitait que la rendre plus douce et plus riante. Nous nous imaginions parfois que la bonne marche du monde, que son progrès, dépendaient de nous. Jean-Luc préférait à cette suffisance l'ambition qu'il avait lentement développée puis entretenue, et qui était plus sobre, plus praticable, surtout plus saine. Nous avions pour idoles Ringo, Buddy Holly et les Baronnets. Il se contentait d'aimer la musique. En somme, nous poursuivions une sorte de réalité rêvée. Jean-Luc n'avait pas notre goût pour cette course qui nous gardait constamment comme à bout de souffle. Nous entendions, lors de nos réunions extraordinaires, son rire discret monter du fond de la remise, se mêler aux craquements du vieux pneu dont il se faisait un siège.

Le directeur lui envoya un ultimatum : s'il ne montrait pas davantage de conviction dans ses études, on le renverrait de l'école. Nous nous mobilisâmes autour de lui. Nous avions nos codes : le soir, trois coups sur la cloison signifiaient à ma sœur : « Dors-tu ? ». Quatre coups lui intimaient l'ordre de venir nous rejoindre. À minuit, nous nous rassemblions dans la chambre des garçons. Nous repêchions nos livres sous les lits ou sur la tablette de la penderie. Nous cherchions, dans les pages éclairées par nos lampes de poche, les mots susceptibles de motiver Jean-Luc, de l'encourager à reprendre goût au savoir dispensé par les écrits. Une heure ou deux passaient. Parfois, l'un de nous se glissait subrepticement dans la cuisine et en rapportait un bol de bretzels. Nous engloutissions cela en observant notre petit frère. Il était merveilleusement à l'aise, insoucieux, et semblait s'absorber dans une rêverie de vieux chien sage qui, sachant que tout le savoir d'une vie est intransmissible par la parole, se tait justement. Nous nous émouvions un moment en songeant à cet esprit si ressemblant aux nôtres, mais capable de s'en éloigner avec autant de facilité, de commodité peut-être. Nous ne savions que penser. Des milliers d'étoiles paraissaient à la fenêtre, formaient un immuable mais mouvant tissu d'objets et de feux. Nous tentions de nous habituer à l'idée qu'un monde pareil, à la fois fixe et changeant, tourbillonne dans toute tête. Notre assurance, toujours plus ou moins fragile, était encore davantage ébranlée. Nous finissions par nous dire qu'il était peut-être vain d'espérer pour Jean-Luc la constance que la vie n'accorde pas même à la courbe infinie du ciel. À la fin, Christiane regagnait son lit. Un formidable silence s'installait dans la maison. Puis, six coups amortis étaient frappés de l'autre côté du mur, sur la cloison de la petite chambre rose : « Tous égaux, tous unis. » Six coups, un pour chacun. Le code suprême.

Jean-Luc ne retrouva jamais le goût de l'étude. Maman en fut atterrée. Elle avait toujours beaucoup compté, peut-être naïvement, sur le pouvoir d'attraction que l'école saurait exercer sur nous. Nous n'y trouvions pas tant de plaisir. Ses bienfaits mêmes nous paraissaient médiocres. Nous nous disions qu'une fois bien appris l'alphabet et le calcul, presque tout ce qui restait à assimiler à l'école était ennuyeux, puisque cela ne touchait plus essentiellement qu'à la morale, aux convenances ou à la religion. Les usages, l'interminable inventaire des conventions qu'on nous transmettait en classe nous semblaient au service d'une vie qui ne nous disait rien : celle où dominent l'argent, la guerre, les plus forts. Nous nourrissions pour nos propres existences des ambitions différentes, et cette façon qu'avaient les maîtres de nous montrer la voie que tous suivaient si volontiers nous lassait vite. Et cependant nous n'étions pas des cancres. Aucun de nous par ailleurs n'était absolument doué. Seulement, nous avions saisi très tôt que c'était notre tête sur les épaules, notre instinct, notre émoi, notre trouble même, bien plus que nos scores, qui était l'élément prometteur. On cherchait, dans des leçons et dans des exemples de comportements d'une rare platitude, à nous inculquer comment devenir des hommes. Nous ne voulions pas perdre de temps avec cette idée dont l'école avait si peu à dire. Ce qui nous intéressait n'était pas tant de savoir comment *vivre*, mais bien davantage *pourquoi*. Maman ne s'était aperçue qu'à moitié de cela, que nous n'étions pas très émus par ces pédagogues qui se croyaient sages mais qui n'étaient que prudents.

À quatre heures du soir, lorsqu'elle avait le dos tourné, nous faisions à la place de Jean-Luc les devoirs d'écolier qu'on lui avait prescrits dans la journée. Si nous étions maintenus hors de sa portée, nous lui soufflions les réponses à distance. Ces manigances de conspirateurs ne suffirent guère à lui redonner l'élan perdu. Sa défaite, si c'en était une, fut au moins en partie la nôtre.

Nous retournions à papa. Il nous semblait que sa manie devenait plus forte, se transformait en une espèce de liturgie. Les composantes de nos divers appareils électriques étaient plus que jamais répandues sur la table de la cuisine puis, non pas analysées mais comme saluées, approchées avec déférence. Nous nous avancions en silence. Comme toujours, nous grimpions sur nos chaises, nous nous penchions avec lui au-dessus de la nappe cirée. Nous cherchions comme des fous ce qu'il pouvait bien trouver à ce tas de ferraille et de plastique. Les lunettes de Pierre, trop larges pour cette face encore gracile, lui glissaient systématiquement du nez et tombaient au milieu des petits morceaux. Cela ajoutait pendant quelques secondes un peu de mystère au contenu de la machine démontée : un frisson glacé nous traversait à l'idée qu'une des fonctions de ce radio-réveil, de ce jouet ou de ce four à micro-ondes consistait à observer, peut-être à juger, à travers cette paire de lunettes, les humains rôdant autour. Une idée stupéfiante s'insinua un jour dans nos esprits. Nous nous mîmes à songer plus que d'habitude à grand-papa. À la maison de Waterloo, nous l'espionnions à travers la vitre du petit atelier où il passait l'essentiel de ses journées. Ce vieillard qui toute sa vie ne s'était nourri que de lard et de mélasse blackstrap commençait à devenir pour nous une clé. Sans beaucoup de tendresse, silencieux et taciturne, indémontable parce qu'hermétiquement fermé, secret et observant secrètement le monde à la manière des appareils que nous imaginions scrutant nos gestes, grand-père Jos était peut-être à la source de l'obsession quasi religieuse de notre père. Il se pouvait au fond que si papa tenait tant à défaire les appareils, puis à les remonter pour les faire fonctionner autrement, c'était parce qu'il tentait, au moins métaphoriquement, de comprendre puis de retoucher le mécanisme secret de toutes choses, y compris celui du cœur humain et, ultimement, celui de son propre père. Nous nous convainquîmes bientôt de cette explication, d'autant plus qu'elle s'assujettissait aussi bien à nos propres vies. Nous nous donnions rendez-vous dans les herbes hautes de la dompe. Couchés, les bras en croix au milieu d'une végétation envahissante, nous poussions plus loin encore notre raisonnement. Christiane la première prenait la parole, suggérant que nous-mêmes, en cherchant par l'étude à démonter le monde, à en répertorier maladivement les pièces vitales, essayions en fait d'ouvrir notre père et d'en rectifier l'activité interne. Il n'était pas complètement insensé de croire que nous étions, à notre façon, aussi obsédés que papa et que nous souffrions d'une sorte de hantise, ou de maladie, transmissible de génération en génération comme une pathologie inguérissable.

Nous avions choisi les livres, la réflexion. C'était notre façon de connaître le monde, c'est-à-dire de pouvoir en faire usage, de le refaçonner, de lui donner une âme, d'être nous-mêmes sur la terre les dieux que tous s'entêtaient à voir au ciel. Mon père ne fouillait pas moins que nous. Il partageait au fond le même objectif de découverte et d'action. Sauf que cet infirme, ce foreur de puits incapable de descendre ni en lui-même, ni en les autres, avait opté pour la décortication des objets, qui est une autre forme de lecture. Nous commencions à comprendre qu'en se réappropriant au moins la matière inerte, il souhaitait trouver l'issue sacrée qui le conduirait à cette matière vivante, pensante et surtout aimante dont grand-père Jos l'avait tant privé.

Sa quête bien sûr était vaine. Il n'y avait pas de passage, de façon d'accéder à la vie en fouillant les choses mortes. Il se trompait d'objet, et cette recherche effectuée au mauvais endroit le séparait sans cesse du réel. La discipline, qu'il confondait avec la volonté, lui servait de support. Cette armature extérieure, que le premier souffle de vent pouvait briser, il nous la présentait pourtant comme l'une des plus hautes vertus. Sa droiture, qu'il n'avait pas appris à changer en confiance, était une routine qu'il s'imposait à lui-même, coupant ainsi imprudemment la voie à l'indispensable injustice que tout homme doit bien se résoudre à commettre par moments. Son sens du devoir, dont il ne semblait pas reconnaître qu'il n'était qu'un autre nom donné à la tyrannie de la nécessité, le forçait à travailler plus que de raison. Ce précieux temps eut été mieux dépensé si, lorsqu'il le fallait, papa était resté auprès de nous. Une mentalité navrante, typique de ceux pour qui le corps est un obstacle de plus à abattre, lui laissait croire que l'inaction, cette interruption momentanée de tous les impératifs, s'apparentait à la paresse. Il oubliait trop l'importance de l'immobilité accordée à la chair, du repos souple que permet le congé que nous donnons à ce grand objet assidu.

Nous restions perplexes mais constants, vigilants : cet homme qui se connaissait si mal nous léguait le goût de tout faire autrement, de ne pas penser comme lui, d'éviter de suivre le chemin qu'il s'évertuait pourtant à nous ouvrir. Nous tenions de notre mère beaucoup de cette constance et de cette union de nos forces. L'été, elle louait un chalet où nous allions pendant un mois vivre avec elle une exaltante vie de fainéants. Parce qu'il n'aimait pas la campagne, papa nous y conduisait le premier jour, puis rentrait chez nous, où il demeurait en solitaire jusqu'à la fin de la location. Nous faisions alors, sur la rive du lac Simon, l'expérience momentanée d'une existence sans père. Il ne nous manquait pas, mais nous songions beaucoup à lui, resté seul là-bas, dans le petit *bungalow* de Laval. Nous aimions l'imaginer, attablé devant ses appareils ouverts, ses lunettes remontées sur le front, consacrant ses soirées à quelque rectification électrique, refaisant ici et là une soudure, ajoutant un clignotant sur le sommet de cette bouilloire, une pédale à cette machine à coudre, une sonnerie à cet ouvre-boîte, un cadran à cette fournaise, absorbé par un monde, le seul sur lequel il avait de l'emprise. Maman nous apprenait autre chose. Au chalet, nous allions avec elle cueillir des framboises dans les bois. Réunis le soir autour d'une lampe à huile, nous étions initiés à quelque jeu de cartes. Les jours de pluie, elle s'effaçait doucement afin de nous laisser entre nous débattre de nos lectures. Nous étions à cette époque plus joueurs qu'à toute autre. Elle nous rappelait de rester justes et de n'exclure aucun d'entre nous de nos jeux d'enfants. Nulle exploration ne nous était interdite. Elle nous obligeait cependant à partager entre nous nos découvertes. Ce plaisir mystérieux que procure le partage nous semblait suffisamment beau pour lui consacrer un peu de temps. Et c'est ainsi que nous apprenions à vivre ensemble, et non pas simplement côte à côte.

Au coucher du soleil, après nos pensives et querelleuses promenades en chaloupe, nous nous réunissions sur la plage. Un ciel vert, formidablement pur, remplaçait le toit de tôle de la remise, les blocs amoncelés de l'iglou. Les affaires courantes étaient vite expédiées, puis nous nous taisions. Plus tard, des météores passaient, reflétés dans nos lunettes. Nous ne disions rien, mais nous savions que chacun d'entre nous songeait à papa. Plus encore : même à cette distance, nous éprouvions dans nos corps fatigués les effets de sa solitude. Une heure de plus s'écoulait, que les criquets ponctuaient de leur chant obsédant. Puis maman venait nous trouver et nous rappeler qu'il était temps d'aller dormir. Nous nous extirpions des tombes de sable où nous nous étions mutuellement ensevelis. Nous nous dirigions ensuite vers nos chambres, du sable encore plein nos sous-vêtements. Mais, comme souvent, le sommeil tardait à venir. L'inconfort de nos matelas trop minces n'y était pour rien. Dans le silence de la nuit campagnarde, nous nous disions que notre père, si égaré, si étranger aux choses et aux hommes, si peu initié au partage véritable, était peut-être destiné à cette solitude profonde, vaine, perdue, ce troublant retrait du monde.

Dehors, un dernier météore zébrait le ciel.

11

Ces pensées, et toutes les autres, nous venaient lentement, par degré, au fur et à mesure que le temps passait. Rien ne nous était révélé spontanément. Nous avions beau être attentifs, réfléchir, rester sensibles, nous empiffrer de lectures, parcourir sans relâche nos encyclopédies, il nous fallait être patients : l'intuition, la conscience, le savoir, leur intégration à nos cerveaux pourtant malléables n'étaient jamais détachés de l'espèce de montée lente, patiente et changeante associée à l'apprentissage. Il nous semblait que les sages, ou les fous, qui croyaient apprendre vite et une fois pour toutes, se leurraient sur eux-mêmes. Le monde ne se montrait pas à nous de cette manière. Nous le savions : ce n'était pas ainsi que fonctionnaient les êtres humains, ni leur existence, ni la vie elle-même. Rien ne jaillissait spontanément, ni dans la nature, ni dans l'esprit. Au contraire, tout se construisait peu à peu, à force de temps et de lutte. Bien sûr, nous n'ignorions pas qu'une sorte de compréhension assez soudaine pouvait se manifester dans certaines têtes. Nous avions éprouvé cela en liant subitement le destin de notre père à celui de grand-papa Jos, et notre propre quête à celle de papa. Nous refusions de croire toutefois que cette soudaineté n'était pas le résultat d'une expérience ou d'une réflexion déjà vieilles, d'une petite chose déposée dans le corps comme une graine, attendant au fond de l'être de s'enraciner puis de progresser vers sa forme finale. Nous sentîmes ainsi pendant un moment qu'un événement important se préparait. Quelque chose entre nous s'envolait qui nous couvrait de son ombre : un grand oiseau encore maladroit, mais prêt tout à coup à décamper, déployait ses ailes. Jacques depuis quelque temps était différent. Lui-même ne savait pas encore bien nommer la métamorphose considérable qui déjà s'opérait en lui. Nous comprîmes un jour, pour ainsi dire en même temps que lui, qu'il était amoureux. Dans les arbres cet après-midi-là, les feuilles frémirent plus doucement que d'habitude. Les chiens du voisinage cessèrent un court instant d'aboyer. Un boulon se détacha de la Chevrolet et roula dans l'allée. Je ne dis pas que nous fûmes attristés, ni que cela nous transforma complètement. Nous étions encore ces mêmes petits êtres légers et désinvoltes, complexes et pragmatiques, malcommodes, empotés dans les jeux d'équipe comme dans les travaux manuels, délicats, savants, affreux et libres. L'heureux événement n'en produisit pas moins un écroulement. Cette entrée du plus vieux d'entre nous dans un monde où l'intelligence tout à coup s'éclaire, cesse de n'être qu'un général en chef et devient un guide, nous força à marcher quelque temps au milieu de ruines. Les jeux habituels, subitement, ne nous intéressèrent plus autant. La remise, la *Librairie Roy* ne furent plus si fréquentées, et même nos livres restaient souvent sur nos étagères ou dans la penderie, sous nos lits devenus du jour au lendemain comme trop étroits. Christiane délaissa son bolo, le courrier du cœur de Janette Bertrand et la comtesse de Ségur. Cet été-là, Benoît ne fut plus autant la victime de nos choix. Pierre fut moins que jamais parleur. Nos brosses même perdirent en peu de temps leur blondeur de céréales : ces petits parcs sages, bien tenus, se transformaient sur nos crânes en jardins sauvages.

Mireille était un chef-d'œuvre, un trouble de la vue, un miracle. Elle habitait d'ailleurs tout en haut de la côte de la rue Paradis, ce qui à nos yeux constituait une formidable métaphore : lorsqu'elle sonnait chez nous, nous imaginions entendre la musique d'un de ces anges de la Bible descendu sur terre. Elle fut surtout pour nous la première incarnation féminine importante à n'être ni une sœur, ni une mère ou une tante, ne se situant ni au-dessus, ni à côté de ces femmes, mais comme poursuivant sur un autre plan leur œuvre. Par ailleurs, mes frères et moi observions Christiane en silence. Nous craignions une crise, peut-être un attentat. Rien de cela ne vint. Notre sœur ne se sentit nullement menacée par l'arrivée chez nous du nouvel élément féminin. Nous nous en voulûmes un moment d'avoir ainsi mis en doute la validité de notre éternel pacte de coïncidence et d'égalité. Mais ce fut un bon test : nous n'étions pas plus qu'avant, dans cette famille, gens de guerre.

Nous adoptâmes immédiatement Mireille. Je fis mieux : je l'ai secrètement adorée pendant un an. Ce fut l'année la plus tremblotante de mon enfance : en sa présence, tout mon corps trépidait. Je lui écrivais d'innocentes mais suppliantes missives, que je jetais aussitôt à la poubelle ou que j'allais plus cérémonieusement brûler à la dompe. Il arrivait comme autrefois que mon feu s'étende inopinément aux hautes herbes. Je fuyais alors sans demander mon reste, comme abdiquent les amoureux transis devant la fatalité. J'allais le lendemain remuer les cendres de ce désastre. J'apercevais dans l'infâme tas de poussière le symbole d'un cœur vainement consumé. J'ignorais encore tout de l'autorité du désir, que je pris au début pour une sorte d'indigestion. Surtout, je le confondais avec l'amour, dont il n'est pourtant que l'annonce ou, plus tard, le compagnon et le témoin sacré. Je m'étonnais de n'avoir pas connu plus tôt cette force du corps, cette demande faite en son nom et qui, si elle s'accorde avec le sentiment, se communique à tout l'être. Je restais confondu en présence de cette mystérieuse rencontre, au milieu de moi-même, entre la chair, la conscience et l'émotion. Cette ébriété du matériau humain était étourdissante. Cependant je

m'émerveillais de découvrir en moi ce pouvoir à la fois vulné-
rable et dur, que je reconnus d'ailleurs rapidement comme
une extension de celui des sens, ce ferme levier sur lequel
vient appuyer l'esprit. Je commençais à saisir à propos de la
vie quelques secrets qu'elle m'avait jusque-là dissimulés, non pas
parce que mon corps n'y était pas prêt, mais justement parce
que je n'avais pas soupçonné ce rôle de l'esprit qui veut faire
s'élever la chair. Et cependant je songeais à Mireille, inaccessible
strate d'or. Je traversai une crise mystique : j'autorisai pendant
dix jours l'entrée dans ma vie du dieu auquel j'avais toujours
refusé de parler. J'allai, seul, au cours de chacune de ces
journées-là, me hisser dans l'orme, bien dissimulé dans le
feuillage, pour me consacrer à la conversation avec ce dieu. Je
parlais tout haut, en grattant de mon canif l'écorce d'une
branche. Je crachais au sol. Lorsque ma sœur passait, je lui
lâchais sur la tête un de mes *running shoes*. Ses invectives
m'extirpaient un instant de ma méditation. Mais ce petit
intermède balistique ne durait pas : je reprenais vite le fil de
mes pensées. À la fin, je gravai dans le bois nu ces mots : « La
souffrance est pire dans le noir. On ne peut poser les yeux sur
rien. » Puis je me convainquis, ainsi que je l'avais toujours su au
fond, que Dieu n'existait pas. Je compris que je n'avais conversé,
pendant ces dix jours, qu'avec moi-même. Je redescendis
pour de bon sur la terre ferme.

Cela se calma, cependant que nous nous faisions à la
présence importante et douce de Mireille. Jacques devint plus
tranquille, plus sûr de lui, comme buvant à une plus secrète
source. Chaque jour lui accordait davantage de ce bienfait
plus mûr, mieux formé, que les très jeunes gens ne peuvent
déjà plus espérer de l'enfance, mais qu'ils apprennent peu à
peu à obtenir de l'âge nouveau qui commence pour eux. Nous
nous plaisions à observer ces modifications de la voix, de la
posture et de la personnalité, à lire sur le visage et dans les
gestes ces mouvements d'une âme béante qui sont autant de
signes d'une floraison. Nous nous groupions autour de lui.

Nous lui sautions dessus, le tenions prisonnier de nos bras et le couchions au sol, puis nous nous assoyions tous les cinq dessus jusqu'à ce que, vaincu, il crie chut.

Notre expérience de la vie avait été nue : une aptitude poussée pour l'analyse nous avait permis d'éviter les sensibleries habituelles. Nous demeurions de redoutables anatomistes, furieux adeptes d'une certaine dissection mentale. Mais l'exemple de Jacques amoureux nous forçait à raisonner autrement. Nous ne réfléchissions pas moins qu'avant. Seulement, notre pensée jusque-là n'avait été que sensible. Elle devint émue. Nous avions à tout instant interrogé notre vie. Nous nous apercevions avec surprise que, jusque-là, nos esprits ne nous avaient pas laissé l'essentiel entre les mains. Capables depuis toujours, devant les choses, d'exactitude et de calculs quand même beaux, nous nous découvrions plus profonds, désormais habiles à chanter ces choses, à les célébrer.

Jacques restait lucide, devenait presque sage. Nous acceptions, sans qu'il les énonce pourtant, les consignes muettes de ce frère initié avant nous à de plus larges perspectives que celles d'une chambre où s'entassaient des papiers d'écoliers. Nous nous efforcions de moins succomber, ou de succomber moins abruptement, à l'effronterie, à l'intrépidité inutile, au mensonge, à tous les maux que les jeunes années entretiennent. La sagesse nous serait à jamais refusée : nous étions pour cela trop commodément étourdis, trop peu frugaux. Mais nos propres règles n'étaient pas mal non plus. Nous comptions les améliorer encore auprès de Jacques. La nuit, ramassés autour de son lit, munis d'une lampe de poche, nous le regardions dormir. Ce corps encore frêle mais déjà long flottait sur une mer extraordinairement calme. Nous nous intéressions à ce regard clos, tourné vers l'intérieur, ne nécessitant plus pendant quelques heures l'aide des lourdes lunettes. « Que voit-il donc à présent que nous ne voyons pas encore ? », nous demandions-nous. Nous observions cette couverture sagement repliée sur le torse, soulevée par un souffle régulier, apaisé. Nous songions à nos propres lits, à nos draps chaque nuit bouleversés par nos corps agités, tourbillonnants, en proie aux rêves les plus affairés. Il nous venait à l'idée que l'amour devait agir favorablement sur l'âme, à la manière d'un sédatif administré après de longues douleurs. Mais nous sentions qu'il y avait autre chose, autre chose *avant* l'âme. Évoquant certaines de ses lectures les plus justes, les moins en proie aux croyances navrantes d'un certain romantisme, Pierre nous rappela une nuit que ce n'est jamais que le corps qui réagit, que le point de départ du sentiment même le plus doux ne peut être que dans les nerfs, les muscles, le sang, les organes. Nous tombâmes tous d'accord : Jacques devait être l'objet d'une fièvre nouvelle, d'une sorte de malaria émotive, d'une heureuse électrocution. Nous nous mîmes à mieux comprendre nos propres corps : nous découvrions que nos élans, nos feintes, nos projets, nos hostilités et nos joies étaient au fond l'ouvrage de ce sang, de ces artères, de ces os imprégnés de moelle, de tous ces atomes réunis et formant nos personnes ahuries et pensives. Nous nous disions que l'âme, bien sûr, n'était pas sans utilité. Mais cette sentinelle restait bien discrète. Nous fûmes heureux d'avoir au moins en partie déchiffré, autour du lit de Jacques, le mystère de l'amour. Le cœur léger, nous cessâmes nos veilles. Quoi qu'il en soit, il restait encore beaucoup à apprendre.

Nous avions un oncle que nous admirions fort. Jean exerçait avec brio le métier de courtier d'assurances, qui lui rapportait pas mal d'argent. Nous le regardions avec une pointe d'envie stationner sa rutilante voiture de l'année derrière notre Chevrolet déglinguée. Notre jalousie cependant s'évanouissait vite, car nous anticipions déjà la suite des événements. Jean en effet nous faisait rire : chacune de ses visites au *bungalow* était ponctuée d'innombrables et désopilantes blagues, qu'il nous adressait tout autant qu'à nos parents. Nous nous sentions de connivence avec cet homme irrésistible, burlesque, jouant sans cesse son propre personnage, à la voix tonnante et aux yeux toujours faussement menaçants. Nous le consultâmes un jour, à l'insu de Jacques. Nous le prîmes par la manche et l'entraînâmes dans un coin. «Mon oncle, qu'est-ce que l'amour?», questionna Benoît. «Oui, et comment agit-il sur la jarnigoine?», renchérit Jean-Luc. «Surtout, marque-t-il la fin de l'enfance?», fit à son tour Christiane. Nous le chauffions de nos questions. Ce *biznessman* pourtant habitué aux clauses d'exception parut désarçonné. Nous le vîmes s'asseoir posément sur un pouf. Le cercle fermé que nous formâmes autour de ce siège incommode sembla l'inquiéter un instant. Mais le plus attentif des publics s'apprêtait à boire ses paroles. «Hum… commença-t-il, tout en jetant sur nous l'un de ses regards effrayants. Bon sang, les enfants, je n'ai pas la moindre idée de ce qu'il faut répondre à ces foutues questions. Mais laissez-moi vous dire un truc : l'amour est bizarre.» Puis, plissant les yeux et fixant le vide, il interrogea ses souvenirs. Il prit tout à coup le ton de la confidence et nous souffla ces paroles : «J'ai été amoureux à m'en rendre malade, autrefois. Et pourtant, cette fille louchait tellement qu'elle pouvait suivre un match de tennis sans bouger la tête.»

Nous ne sûmes que dire après une illustration si sincère du phénomène amoureux. Nous restions plantés là, les mains dans nos poches percées. Pierre renifla. À la fin, Jean se leva et dit encore ces mots : «Allons, allons, les enfants. Allons. Cessez de vous passer les méninges au tordeur. Ne soyez pas masochistes.» Puis, son verre de whisky à la main, il fila au salon rejoindre les adultes.

Jacques cependant continuait à être formidablement épris. Nous le regardions vivre cette vie faite de tardives et longues conversations téléphoniques, de secrètes assiduités, d'aveux et d'étreintes, de liens irréductibles et de baisers donnés dans les haies. Il ne se détachait pas de nous, mais sa présence désormais était moins pure. Nous sentions que sa pensée était sans cesse distraite par la perspective prochaine d'une rencontre, par l'existence d'un visage plus que les autres ravissant, d'un esprit et d'un corps attendant, tout près, l'instant heureux des retrouvailles. Parfois, une absence prolongée nous inquiétait. La remise, qui abritait encore nos réunions, paraissait étrangement vide sans lui. Nous n'y discutions plus que de choses sans importance, puis nous retournions pour un temps à nos jeux, plus songeurs qu'avant. Souvent, au hasard de nos promenades à *bicycle*, il nous arrivait de rencontrer Jacques et Mireille enlacés, marchant lentement sur un trottoir du quartier. Nous ne manquions pas de nous arrêter et d'amorcer avec eux quelque discussion. Nous nous laissions alors entraîner par ces intelligences agiles et légères. Nos propres esprits s'enflammaient et trouvaient de la joie dans ce contact fortuit. Nous étions heureux. Laissant là les deux amoureux, nous enfourchions ensuite nos montures et pédalions comme des possédés vers la côte de la rue Paradis, que nous dévalions bien calés sur nos sièges banane, les mains et les pieds sur nos guidons.

Il nous fallait l'admettre à regret : notre vie avait changé. La plupart des hommes ont de la sortie de leur enfance un souvenir qu'elle ne mérite pas : ils se la remémorent comme une chose triste, une reddition. Tel que prévu, cette sortie n'eut rien pour nous d'une bataille perdue. Il fallut bien sûr nous habituer à deux ou trois choses difficiles. Nous ne trouvâmes plus tout à coup cette trace légère que laissent au bout des jeunes doigts les rêves effleurés de l'enfance. Nous nous surprîmes un moment de ne plus voir dans les jeux d'autrefois qu'une diversion de plus : il n'était plus aussi nécessaire, à présent, de mettre tant d'efforts à faire passer le temps plus vite. Car il nous suffisait de regarder un peu loin pour que se profile devant nous l'ardente ligne blanche d'un horizon. Pour la première fois, nous n'avions plus à rêver d'avenir, puisque cet avenir enfin restait visible. Et déjà nous nous apprêtions, encore avec une joie que nous connaissions mal, à déployer notre force et notre bonheur, à provoquer plus qu'avant les hasards ou à en amenuiser les effets, à bâtir sur les faits plutôt que sur l'instable base des superstitions ou des croyances, à briser tout ce qui, dans l'homme, le diminue.

Nous n'avions pas peur. Et pourtant nous savions que nous attendait un monde plein de dangers. Nous n'éprouvions aucun chagrin. Mais nous sentions qu'une part de nous-mêmes disparaissait à jamais. Oui, cette fois ça y était : nous entrions pour de bon dans la carrière humaine.

12

Quelques années assez douces s'écoulèrent. Puis, un soir, Mireille rompit avec Jacques. Nous entendîmes le bruit léger de ses pas s'éloigner pour toujours. Nous ne revîmes plus guère cette figure emblématique, symbole parfait de notre passage vers un monde désormais moins sûr, mais plus beau, précisément parce que ses promesses ne dépendaient plus que de nous. Le départ de Mireille nous attrista. Nous nous étions habitués à cette présence rassurante, à ce tempérament incapable de dureté, à cette pensée de sage, cette ligne droite au milieu de nos vies déjà si courbes. À la tristesse toutefois se mêlait la vieille joie sourde d'avoir encore appris quelque chose. Nous nous apercevions que l'amour pouvait tenir ce rôle d'une architecture de l'être. Cet initiatique bonheur dont nous avions été les témoins devint un point d'appui. Nous nous adossâmes à cette construction peut-être pas plus durable, mais plus achevée que toute autre. Des filles et, pour ma sœur, bon nombre de gars, commencèrent à frapper à la porte du petit *bungalow*. Des couples se formèrent, le plus souvent mal assortis. Le fait qu'ils ne duraient pas ne nuisait en rien à leur bonheur : nous ignorions encore que la longévité de l'amour ajoute parfois à sa puissance, pour peu que l'on mêle à cette longévité suffisamment de profondeur, d'humour et de discernement. Nous réfléchissions mal, à un moment où nous aurions plus que jamais dû bien réfléchir. Nous nous abandonnions sans majesté, peut-être aussi sans assez d'intelligence, à ce stupéfiant échange entre deux caractères, deux enthousiasmes, à ce contact presque surhumain de deux épidermes. Mais cette attitude était celle de timoniers en pleine traversée plus ou moins houleuse : nous devinions au loin une espèce de rivage plus net, celui sans doute que chacun aperçoit tandis que l'âge, trop souvent plus fort que la pensée, donne ses ordres.

Une saison ou deux passaient. Je me sentais transformé. L'enfant doux mais facilement irascible devenait un jeune homme plein de pondération. Ce n'était pas encore l'intelligence que procure l'expérience. Mais je me sentais prêt, j'acceptais cette humilité d'un corps tout à coup ému par un autre et que l'esprit attendait pour se parfaire. J'observais mes frères et ma sœur. Tous, sauf Jacques, tremblaient imperceptiblement. Eux aussi avaient conscience d'une rencontre imminente avec le meilleur d'eux-mêmes.

Le désir, que j'avais expérimenté plus tôt, mais à distance, prenait de nouvelles formes. Il continuait d'être cette despotique fatalité de joie que le corps commande. Mais ce commandement se métamorphosait en amour, parce qu'il s'y mêlait désormais des notions de goût, de beauté et d'habitudes. Ce n'était plus, comme avant, le simple contrepoids qu'exerce le sang sur la pensée. La réalité plus visible et plus sensible d'un visage préféré à tant d'autres, d'une silhouette secrètement effleurée, la présence à mes côtés d'une fille jugée unique, l'évidence de cette proximité émue étaient venues changer cela, et ce changement faisait soudainement basculer l'ordre du monde. Je me découvrais capable d'une curieuse attente, guettant à la fenêtre la venue du soir et le claquement d'un pas. Je ne savais pas que j'étais heureux : l'enfance m'avait préparé pour une autre sorte de bonheur, une combustion dans laquelle n'entrait pas ce principe d'une attente, d'une histoire qui devient tout à coup plus douce parce que résonne le bruit d'un pas dans l'allée.

Je ne laisserai pas croire, pourtant, que je ne vivais qu'en fonction de ce pas : je pressentais que ce n'était pas à ce renoncement de soi que j'étais convié. Mais je m'autorisais cette inattention à moi-même au profit de quelqu'un de plus intéressant, j'acquiesçais à cette imprudence dont nous faisons preuve, que nous souhaitons peut-être, à l'endroit d'un visage étranger et aimé. Je me souvenais de la dompe incendiée. Ces obsédantes images de flammes et de cendres renfermaient encore une métaphore, peut-être un présage : je ressentais à présent constamment dans la poitrine l'effervescence d'un feu accidentellement déclenché, et qui me faisait peur. Mais c'était la peur mêlée de courage, de confiance et d'ivresse qu'exige toute rencontre inévitable avec ce qui est plus grand que soi.

Je remarquais que mes frères et ma sœur éprouvaient les mêmes sentiments. Et cependant nous discutions peu de ces choses. Nous respections entre nous ce silence. Nous n'avions d'ailleurs pas à évoquer ces pensées plus privées que toutes les autres, dont le destin même est de rester secrètes et dont le charme réside dans la confidentialité de sa nature. Nous avions trop lu dans les livres de ces témoignages faussement provocateurs parce qu'ils se croient impudiques alors qu'ils ne sont qu'immodestes. L'impudeur nous indifférait, puisqu'elle n'était après tout qu'un ballet d'amuseur, le futile travestissement d'une affaire intime en divertissement public. L'immodestie était moins inoffensive. Elle tarissait l'indispensable source cachée à laquelle chaque homme puise une partie de sa force, et peut-être son bonheur le plus limpide.

Cette question de la confiance me hantait. À dix-neuf ans, je n'arrivais plus à prendre à la légère les liens que j'avais contractés en m'attachant plus que d'habitude à l'acuité d'un regard, ou à la courbe d'une hanche. Je ne comprenais pas ceux qui, s'étant tout juste engagés sur la pente sacrée des aveux, peut-être des serments, rompaient ensuite si facilement cette sorte de pacte pour aller vers d'autres conquêtes, comme si le cœur, et souvent l'âme, qui avait eu la renversante bonté de s'ouvrir à eux ne renfermait pas un monde digne d'être encore parcouru. Ces mondes quant à moi me fascinaient. Je concevais mal qu'on se fatigue si tôt, et pour de si mauvaises raisons, de ces ouvertures pratiquées dans cette matière si belle de l'existence humaine. Je n'avais pourtant pas toujours été digne de cette confiance qu'on m'avait accordée, et ne le fus pas avec constance par la suite. Mes écarts de conduite, qui furent toujours ceux que l'on prépare dans l'enfance au contact d'un monde confus et contradictoire, nièrent parfois les preuves de fiabilité que j'offrais à mes juges. Mais j'ai cessé depuis longtemps de me dépeindre comme un homme dangereux, peu sûr. Au milieu de mes erreurs et de mes aveuglements, j'ai amplement étoffé le témoignage de l'être vertueux que je me suis sans cesse proposé d'être et qui me ressemble de plus en plus.

Je me souvenais des photos de maman sur le bateau, du flirt démesuré de mon père. On ne se comportait pas très différemment autour de moi. Mes manières divergeaient de tout ce baratin compliqué, convenu. Je ne me sentais pas tenu d'appâter ceux que je voulais mêler de plus près à ma vie. Et je n'étais pas touché par ces gens qui, à la faveur d'une pénombre ou de leur veulerie, choisissaient au nom de l'amour naissant de ne montrer d'eux-mêmes que leur meilleur profil. Cette pierre d'assise si périlleusement posée annonçait un écroulement. Je guettais avec une sorte d'étonnement le moment où chacun succomberait à ces jeux qui ont si peu à voir avec l'approche de la beauté. Mes frères, ma sœur et moi avions eu de l'amour une conception simple mais incomplète, développée au contact de nos parents. Nous nous étions convaincus qu'il se résumait à la fidélité de deux personnes qui se côtoient et qui, en dépit de leurs différences, se dévouent l'une à l'autre. J'ajoutais désormais à ce portrait trop sec un engagement envers la beauté, quelle qu'elle fût. Je m'émerveillais de ces faibles vérités qui pourtant embrasent tout l'être et que met au point l'esprit amoureux. Je ne me lassais pas de cette confiante sauvagerie, ni de ces yeux posés sur un objet humain avec plus de certitude que sur un dieu. J'ai tout de suite compris et respecté la solitude de l'homme observé par ces yeux-là. C'était celle de toute âme plus que les autres consciente de la brièveté de son existence. Et j'étais effroyablement fidèle à cette idée de ma brièveté.

Nous ne cessions pas d'observer papa. Mais nous l'observions avec moins de surprise, parce qu'à notre sentiment se substituait petit à petit une douceur, une avidité moins impitoyable. L'explication que nous avait fournie notre étude de grand-père Jos tenait encore la route et nous avait beaucoup apaisés. Nous ne renoncions pas pour autant à mieux saisir papa, à entrer sans cesse plus profondément dans ce caractère blessé. Nous étions encore ces jeunes gens pleins de curiosité qu'un père un peu fou, en tout cas fougueusement inhabituel, avait sans le savoir poussés à l'étude. Comme toujours, nous nous efforcions de ne pas lui ressembler. Nous n'avions pas trop mal travaillé : l'héritage qu'il avait voulu nous transmettre ne laissait pas beaucoup de traces. Et cependant quelque chose de lui subsistait en nous, dont nous ne pouvions nous défaire. Ce n'était pas notre soif d'apprendre, qui ne correspondait chez lui qu'à une collecte de notions, une façon non pas de combattre l'ignorance mais de la recouvrir. Simplement, nous nous découvrions plus que les autres attachés à l'amour. Nous en discutions le soir, en dévorant une pizza que nous nous partagions le moins injustement possible. Notre immense besoin d'amour demeurait inexpliqué : rien ne nous avait manqué, ni l'amour lui-même, ni aucune des bontés que l'enfance emporte avec elle comme une dette jusque dans l'âge adulte. Nous interrompions un moment notre repas. Pierre fronçait les sourcils. Le regard de Jean-Luc se perdait dans un détail de la tapisserie. Nous entrions en nous-mêmes. Plus nous creusions ces six personnalités, ces cerveaux et ces cœurs, plus nous y reconnaissions les traces de l'amour. Nous aurions pu vivre sans cet amour : d'autres forces, d'autres volontés se seraient imposées. Mais, tout comme notre père, nous restions assoiffés. «Misère! dit un jour Christiane en se prenant la tête. Tout allait bien, nous n'étions qu'intellectuels. Nous voici maintenant dépendants affectifs!» Nous rîmes de bon cœur. N'empêche : nous étions marqués. Cette forme rare de dépendance s'exprimait de mille façons. La plus douloureuse était celle que révélait la séparation. L'un de nous s'éloignait-il pour quelque temps, tous les autres souffraient. Ce n'était pas que nous composions un groupe indivisible : les dissidences, les disputes, les morcèlements mêmes étaient fréquents entre nous. Mais ces divorces étaient encore une autre forme de la joie : rien ne venait à bout de cet étrange bonheur d'être ensemble. Quelle sorte de gens cela ferait-il de nous? Il faudrait encore attendre : pour l'instant, nous n'en savions rien. Benoît rouvrait la boîte de carton, reprenait un peu de pizza.

La *Librairie Roy* n'existait plus. Nos catalogues, nos magazines, nos encyclopédies et beaucoup de nos livres avaient été rangés dans des boîtes ou remplacés par d'autres ouvrages plus en accord avec les préoccupations de ces jeunes gens que nous devenions. Et cependant nous conservions nos habitudes. Il n'était pas rare que, lorsque l'un de nous découvrait une page plus vraie que les autres, nous nous rassemblions autour de lui et l'écoutions en faire la lecture, en souligner les passages difficiles. La lecture jouait encore dans nos vies le rôle qu'on accorde aux choses les plus élevées. Nous n'étions plus, toutefois, de simples spectateurs : les livres, après nous avoir tant formés à penser et à ressentir, nous aidaient maintenant à vivre. Nous ne convoquions plus d'assemblées générales dans la remise : nos conversations se poursuivaient à présent sur les trottoirs, dans les autobus ou les restaurants, partout. L'orme par ailleurs avait été coupé, comme tant d'autres, victime de cette maladie dévastatrice qui les décima à peu près tous à l'époque. L'iglou ne se dressait plus dans la cour, n'était plus qu'une construction aussi invisible et peu habitable que le souvenir lui-même.

Mais nous nous efforcions d'être moins prévisibles que la moyenne des gens de notre âge, plus indomptables et, si possible, tout autant valeureux. La mode nous intéressait toujours aussi peu. Nous lui préférions de moins monotones engouements, de moins faciles appuis aux usages. Nous n'organisions plus de veilles, la nuit, dans l'une ou l'autre de nos chambres, afin de réfléchir à quelque problème. Mais les jours étaient fabuleusement fertiles en songes, en raisonnements, en actions. Et l'amour, jusqu'ici, tenait ses promesses. Trop d'oiseaux de malheur, de mauvais romanciers ou de piètres observateurs d'eux-mêmes répandaient à ce sujet leurs mensonges, dépeignaient le sentiment amoureux comme une source de peine, un émoi plus ou moins tyrannique. C'était leur affaire. Nous demeurions quant à nous plus pragmatiques, et n'abandonnions pas si vite l'équilibre mental et l'avantage que nous nous étions assurés en tournant le dos à toute forme d'absolu. Pour l'essentiel, nous n'avions pas changé.

Notre conception du temps qui passe ne se modifiait guère non plus. Bien sûr, le présent n'évoquait plus aujourd'hui ce bagne où nous avait maintenus l'enfance. Il n'en dévoilait pas moins, tout comme autrefois, un avenir plus radieux, entrouvrait une porte derrière laquelle se profilait un âge d'or. Nous réfléchissions à nos possibilités, tout entières contenues dans ce futur. Nous n'ignorions pas que cette suite de hasards et de chances nous mènerait, à la fin, à l'inacceptable disparition de nos corps et de leurs âmes. Mais nous comptions sur les années pour ajouter à notre compréhension la sagesse nécessaire.

13

Plus timide que la plupart des hommes, je n'en ai pas moins été plus direct que bien d'autres. Cette espèce de sincérité abrupte ne fut pas chez moi une vertu. Simplement, j'aime la facilité que procure la vérité, sa nudité aussi, et ce qu'elle dépose d'intelligibilité sur les choses. En toutes les circonstances, il me plaît qu'on aille rapidement aux faits, qu'on ne s'embarrasse pas de cette fausse bienséance à laquelle obéissent tant d'hommes entre eux et qui les rend si peu explicites, si peu sûrs et, surtout, qui leur fait perdre tant de temps. Il me semblait que je m'exerçais à davantage de prévenance que l'exaspérante prudence qui consiste à ménager les uns et les autres. J'étais attentif aux gens, je les questionnais sans cesse, les forçais à révéler ce qui les poussait encore à vivre, parce que je voyais bien que les années passaient et que nous n'aurions pas toujours le temps de goûter ensemble cette existence, de nous émerveiller de ce monde si étrange, si douloureux et si beau. Certains ont pu prendre mon avidité pour de l'indiscrétion. Ils se trompaient. Tout homme a ses secrets, et je sais que la plus grande part de ces secrets reste inaccessible à autrui : de farouches sentinelles les gardent. Je ne souhaitais qu'atteindre en m'approchant des autres cette région obscure du cœur où pousse pourtant une fleur. En tout cas, je n'éprouvais pas pour moi-même ce besoin d'être épargné. Et j'étais ennuyé par ceux qui ne faisaient que m'effleurer : j'ai exigé de tous les hommes qui m'ont côtoyé la nécessaire profondeur qu'il fallait pour me connaître. Je descendais moi-même fort loin en certaines âmes. J'y découvrais des pénombres, et même des opacités, qui ressemblaient à mes propres secrets. Je n'en trouvai aucune d'impénétrable. Je préférais encore ces nuits épaisses à l'insoutenable feu ne brûlant jamais qu'à la surface des choses. Je ne dis pas que j'étais grave : je demeurais au contraire cet homme léger que l'austérité agaçait, parce qu'elle est contraire à la politesse que nous devons à la vie elle-même. Mais je sentais ma vie attachée à un maître, qui fut sans doute le sentiment de ma mort. J'étais affamé : il me fallait vivre, et avec le moins d'intermédiaires, de filtres possible. Ce n'est pas que mon existence m'échappait. Mais elle me paraissait être une expérience extraordinairement provisoire.

Je n'ai pas eu d'enfants. J'ai tremblé cependant à l'idée de transmettre ce sentiment de brièveté aux petits de mes frères et de ma sœur : l'enfance a besoin de l'éternité qu'elle imagine si trompeusement. Elle lui permet d'aménager le vaste socle sur lequel reposera tout l'édifice d'une vie faite de dangers, d'erreurs, de plaisirs et de bonheurs perdus puis retrouvés, de souffrances et d'indispensable lucidité. Les jeux que nous partagions restaient ceux de l'enfance. Mais je retrouvais auprès de ces petits enfants d'étranges souvenirs. Je rencontrais là ce qu'il y a de plus puissant dans ma nature : une joie organique, venue de très loin dans le corps, et à laquelle s'est plus tard ajoutée pour moi cette conscience de la brièveté des existences.

En octobre, je mettais ma tuque et mes bottes de caoutchouc, je retournais dans les champs observer la marmotte occupée à préparer son antre pour l'hiver, s'établir petit à petit dans ce mystérieux sommeil qu'est l'hibernation. J'étais au moins un peu comme elle : j'ajustais ma vie de telle sorte que je puisse, s'il le fallait, et pendant d'assez longues périodes, entrer en moi-même, et ainsi pouvoir continuer à vivre normalement.

Il le fallait d'ailleurs souvent : j'avais vingt-cinq, trente ans, et vivre désormais auprès des enfants m'obligeait à un réalignement constant de ma pensée, de mes actions. Surtout, ces petits Beauchemin m'émouvaient. Une formidable complicité me liait à ces êtres à qui tout restait à apprendre, à dégrossir, à corriger. Je les regardais s'esclaffer, pleurer, dormir, s'inquiéter, perdre passionnément leur temps. Ma première erreur avait été d'oublier à quel point l'enfance est lucide. Mes feintes d'adulte, mes dissimulations et mes simagrées ne comptaient pour rien, n'avaient qu'une maigre prise sur leur perspicacité. De petites moues d'incrédulité me prouvaient vite que j'étais démasqué et, pendant une heure ou deux, désavoué sans partage.

Je refusais d'être nostalgique. Il m'arrivait bien sûr de me tourner un moment vers le passé. Mais ce n'était jamais que pour mieux me hisser, que pour mieux apercevoir l'horizon que ce mur de temps accumulé cachait au regard. Je me souvenais du *bungalow* de Laval, de la chambre où se réunissaient à toute heure du jour six petites personnes impatientes. Et lorsque mes neveux et mes nièces se lassaient de regarder la télé, je les entraînais à l'écart et leur rappelais de ne pas vivre enfermés dans le présent, comme les bêtes, que la vie était devant eux et qu'il fallait vivre pour demain, que l'essentiel les y attendait : les rêves aboutis, le grand calme des choses qui durent, la vérité enfin triomphante, la force de l'expérience. Tous fronçaient les sourcils, penchaient la tête, me regardaient comme si j'eus parlé une langue inconnue. Je comprenais à la fin ma seconde erreur. Les codes d'autrefois ne tenaient plus, les coups discrets frappés le soir sur les cloisons ne correspondaient plus à rien. Tout cela n'était plus, dans ces maisons différentes, abritant ces enfants différents, que de dérisoires appels. Je ne songeais jamais autant qu'alors à mon père, à sa cloche qui résonnait dans le quartier lorsque, prétextant de nous rassembler pour le repas, il ne cherchait en fait qu'à s'entourer de nous, qu'à se rassurer.

Je ne m'habituais à rien : je restais troublé au contact de cette enfance qui se déroulait sous mes yeux et qui me renvoyait de moi-même une image que je ne connaissais pas. Cette image d'ailleurs était peut-être plus juste, ou moins fixe, en tout cas plus complète que celle que j'avais imaginée. Les petits me tournaient autour, me sautaient dessus, ils se blottissaient dans mes bras, se mêlaient à mes conversations, à mes travaux. Ils affichaient à mon égard une extraordinaire confiance, s'adressaient à moi avec une sorte d'espoir. Mais ils ne se laissaient jamais impressionner par moi, sans doute parce que je ne savais pas comment me comporter devant eux autrement qu'en créature humaine dépouillée. Je consentais à ces regards posés sur moi, pleins d'attente et de désintéressement, et qui me rappelaient que je n'étais pas un sage. Un calme mystérieux s'était très tôt établi dans ces âmes nouvelles, comme si ces enfants-là avaient été soulagés de naître. Ils s'étonnaient de mes pensifs éblouissements, de cette sorte de fièvre ou de soulèvement auxquels je me soumettais, de ma façon d'accorder à certaines affaires, certains caractères ou certains hasards une importance qu'ils ne méritaient peut-être pas. Je résistais mal à la tentation d'influencer ces cerveaux, ces têtes inclinées, occupées d'une pensée en apparence toujours trop brève, ces mains encore trop petites pour tenir longuement un livre. J'avais cru bien présomptueusement, en les incitant à plus de lectures ou de réflexion, lutter contre cette ignorance de l'enfance que l'on confond si souvent avec la candeur. Mais je m'apercevais, un peu tard, qu'ils n'étaient pas ignorants. Seulement, leur observation du monde, quoique détaillée, restait aisée, évoquait un voisinage amical avec la chance, les dangers, les êtres. Je me disais en les écoutant que la profondeur n'a pas toujours à être un enfoncement, une descente dans quelque abîme de l'âme, qu'elle s'accommode aussi fort bien d'une espèce d'allongement horizontal du regard. Ils connaissaient par exemple à mon sujet d'étonnantes choses, que j'avais crues enfouies mais qui en réalité me précédaient ou me poursuivaient : certaines faiblesses, des joies trop furtives pour être partagées, de secrètes alarmes. Je marchais avec eux dans les rues, réajustant de temps à autre une casquette sur ces têtes blondes. Les petits visages extraordinairement rieurs se tournaient vers moi. Je sentais posés sur mon front des yeux d'estimateurs, de préposés aux recouvrements. Je commençais à compter sur ces regards pour rectifier l'opinion que j'avais de moi-même. Je m'étais cru compliqué, difficile à comprendre. Je découvrais en tenant ces petites mains dans les miennes que je n'étais que labyrinthique, qu'il y avait certes en moi des passages étroits, des voies pleines d'angles et de tournants, mais que toutes, à la fin, menaient à une issue.

Et cependant ils me ressemblaient. Je ne parle pas des traits du visage : je ne me reconnaissais pas tellement dans les lignes et les formes de ces très jeunes faces que les années se préparaient à modifier, puis à fixer. Ce dessin, précisément parce qu'il était encore inachevé, obéissait aux instructions sourdes que les circonstances et les actions donnent au corps afin de parfaire son ouvrage : une journée de pluie suffisait à lui insuffler une mélancolie tendre, une heure consacrée au jeu lui rendait sa netteté riante, ou le plongeait au contraire dans une sorte d'attention grave. Non, notre ressemblance était ailleurs, et prenait davantage le nom d'un lien, d'une proximité comme détournée, d'un allusif accord. Je demeurais une sorte de penseur à l'affût, quelqu'un en tout cas de suffisamment chanceux pour que son travail consiste à soulever les pierres et à dénicher en dessous des signes, des symboles et des noms, les preuves d'un passage. Or les petits enfants qui à présent vivaient à mes côtés ne partageaient pas mon intérêt pour les signes. À leur âge, et encore maintenant, le réel ne me paraissait jamais entier, ni plein ou suffisamment révélateur. Je me sentais constamment tenu d'en compléter le décryptage par le contrepoids d'une pensée de sculpteur ou de scénariste. Les petits de mes frères et de ma sœur se contentaient avec beaucoup de satisfaction de la réalité brute. L'esprit, pour eux, ne servait pas à soulever les pierres, mais à agencer celles-ci de façon à former sur la terre une piste commode, sans aspérités, carrossable. Mais il n'avait jamais été indispensable, dans notre famille, que tous se comprennent parfaitement. Quand tous les discours et les avis étaient épuisés, quand même les jeux n'étaient plus utiles, l'humour jouait entre nous ce rôle d'un pont jeté au-dessus d'un chenal infranchissable. C'était un trait commun à tous les membres de cette famille pourtant variée : nous restions de fameux blagueurs, d'incorrigibles joueurs de tours, d'infatigables facétieux. L'autodérision, la moquerie, la plaisanterie étaient notre grande affaire. Sans elles, nous ne serions pas aujourd'hui encore si inventifs, si perspicaces, si travailleurs et, parfois, si utilement inactifs. Chacun savait par instinct le moment exact où les événements, les opinions ou les attitudes devaient être allégés de ce poids en trop que leur donnent souvent le sérieux, la ferveur ou l'inadvertance. Nos regards se croisaient. D'un mot, nous coupions court à la toute-puissance des faits. Il se produisait alors dans le corps un désengagement d'engrenages qui nous faisait tous ensemble chavirer dans une espèce de fête de la pensée et de l'imagination. À la fin, nous gauchissions tout par le rire, ce qui nous garantissait une formidable santé morale. Et c'est ainsi que nos vies coïncidaient, que ces enfants-là et moi-même finissions par nous reconnaître. C'était aussi une manière assez juste de nous rappeler que nous nous aimions.

Mes frères, ma sœur et moi étions encore fabuleusement jeunes. Nous ne nous attristions pas de sentir cette jeunesse s'envoler chaque jour davantage. Nous maintenions notre joie. Nos chagrins ne duraient pas : nous acceptions d'entrer dans ces intervalles de l'existence où l'amitié, l'amour ou le bonheur cessent pour un temps de prodiguer leurs bienfaits. Nous trouvions naturel que la vie ne ressemble pas si exactement à ce que nous avions prévu. Ces formes que nous lui avions imaginées avaient été le beau fruit de six intelligences encore trop neuves. Quelques années hors de l'enfance avaient suffi pour ajouter à ces intelligences les indispensables nuances d'ombre qui sont peut-être l'équivalent de l'expérience. De loin en loin, il nous arrivait de songer plus intensément à ces premières années faites de joies claires, de lectures sévères et frivoles, de pensives veilles. Tout se confondait plus ou moins, nos erreurs comme nos mérites. L'essentiel pourtant restait intact, et nous nous étonnions de découvrir encore à présent entre nous la même attache qu'autrefois, la même cohésion parfaite réunissant six êtres également stupéfaits devant l'agitation, la complexité et le charme du monde.

Papa également restait le même. Les cheveux blanchissaient, jetaient désormais sur ce visage qui pouvait être sévère un éclairage plus doux qu'avant. Toutefois, la pensée derrière ce front ne se modifiait guère, conservait son excitabilité creuse. C'était toujours l'homme myope cherchant la bonne chose au mauvais endroit.

Les enfants l'observaient avec une minutie qui n'était pas la nôtre. Il y avait eu de la précaution dans notre regard. Notre père, ce vase… Nous avions mis beaucoup d'efforts à ne pas briser cette argile fendillée. Mais parce qu'ils l'examinaient autrement, nos gamins le comprenaient autrement. Leur étude ne s'intéressait pas à l'âme, ou plutôt, elle ne s'attardait qu'à ce que l'âme laisse sur le seuil, ce pur récit que constituent les postures, les contenances, les mouvements avortés ou les impulsions, et que tout homme abandonne plus ou moins au regard et à la sollicitude d'autrui. Nous étions habitués à forer à même la roche compacte d'une mine. Les petits préféraient agir au grand soleil. Simples chercheurs d'or, ils découvraient un peu de ce que le prospecteur, secouant son tamis, arrache de précieux minerai à la rivière.

Ils tournaient autour de lui, le questionnaient, commentaient ses moindres actions. Un mot, un carnet bourré de statistiques, une invitation au salon, une voix tout à coup plus professorale, tout ce qui nous avait inquiétés ne les troublait pas le moins du monde. Ses séances de bricolage électrique, marqueurs indélébiles de notre enfance, les réjouissaient formidablement. Ces travaux étaient peut-être perçus par eux comme une prolongation de leurs propres jeux. Un homme s'appliquait à éventrer sur la table des objets utiles. Quoi ? On ne pouvait plus s'amuser ? Ils distinguaient bien dans cet esprit, dans cette manière éblouissante d'être en vie quelque chose de perdu, de tragiquement ému. Ils choisissaient sans doute d'ignorer ce naufrage d'un être qui n'acceptait pas que la vie l'ait ainsi jeté sur une côte désolée. Nous ne nous étions pas sentis capables de ce choix.

Ils aimaient ce grand-père à la pensée rapide, légère quand on lui en donnait l'occasion, élevée lorsqu'elle se vouait à son dieu, apaisée si une certaine beauté parvenait à en percer le blindage. Ils n'étaient pas dupes, mais ils ne se formalisaient pas de ces maladresses, de ces défauts si visibles qui sont autant d'aveux. Là où nous n'avions vu qu'une intermittente abnégation, une étoile un moment perceptible dans la trouée d'un nuage, ces jeunes esprits apercevaient un dévouement vrai. Son peu de modestie même les enchantait, comme on finit par sourire devant un comédien mauvais, mais drôle. Nous étions passés à côté de ces rectifications qu'effectue le regard quand on lui accorde le recul nécessaire.

14

De vastes espaces, où jamais personne ne s'est jusqu'à présent aventuré, forment encore en moi un territoire à explorer. Je n'ai pas eu peur de ces grandes salles devinées et qui, parce qu'elles sont les plus ténébreuses, sont aussi les moins visitées. S'il m'est accordé suffisamment de temps, j'irai un jour en ces lieux ouvrir quelques fenêtres sans doute tendues de lourds rideaux. Beaucoup d'hommes parvenus à ce seuil, à ce troublant instant où l'on pressent une rencontre décisive, ont refusé d'aller plus loin et sont revenus sur leurs pas. Chaque fois que je l'ai pu, je les ai laissés derrière et j'ai poursuivi sans eux mon exploration, cherchant de mon mieux à forcer une sorte de serrure de l'être. Je n'acceptais pas que me soit interdit l'accès à la part la plus secrète, la plus inextricable, et peut-être la plus émouvante de moi-même.

De cette part inconnue est née possiblement l'étrange nécessité que j'éprouve d'exercer mon métier. À dix-sept ans, je me suis imposé de choisir entre le dessin, pour lequel j'avais un talent inné, et la pratique de l'écriture, dont tout me restait à découvrir. Les lettres, plus que les images, auront à la fin été préférées. Vingt années de plus ont été nécessaires à cet apprentissage. Mais je me trompais sur ce métier lorsque je croyais le distinguer de celui de l'illustrateur. Écrivain, j'ai continué à tracer sur le papier des figures, des lignes courbes, et les traits qui sont toujours plus ou moins ceux d'un visage. Je ne trouve aucune de mes pages qui ne soit une peinture. Tout y est : les grands paysages de l'âme, de la volonté, du bonheur et de la peine, le schéma d'une pensée plus grande que soi et jetant son éclat, ou son ombre, sur l'existence. Je ne sais pas bien ce qui me pousse à décrire dans des livres toujours méditatifs ce qui m'obsède, me détient, m'abuse peut-être et, en définitive, me fait. J'ai regardé autour de moi. J'ai cru un court moment que la dévotion à un dieu répondrait à ce besoin de sublimité, qui n'est peut-être au fond qu'un autre de mes excès. Dans nos chambres, dans la remise ou dans l'iglou, nous nous étions penchés sur cette vieille chose qu'est la religion. Et je n'oubliais pas mes dix jours passés dans l'orme, à parler à un dieu qui ne me répondait pas. À trente-cinq ans, je m'intéressai de nouveau à ces questions, mais avec davantage de recueillement. Je m'en suis vite lassé, me détournant à la fin et une fois pour toutes d'un dieu décidément trop introuvable. La vérité est que rien ne m'a plu dans ce supposé triomphe d'un autre monde que le nôtre, dans cette victoire odieuse d'une autre vie que celle-ci, la seule qui m'ait jamais ému. La science m'aura séduit bien davantage. Je me réjouis d'avoir été si tôt mis en contact avec les douze tomes de notre encyclopédie scientifique. Ce furent, comme on dit, quelques piastres bien investies. Ce premier d'une longue suite d'émerveillements et de vertiges m'aura permis, à un âge où l'esprit est trop souvent encombré de tromperies, d'éviter le long et tortueux détour que font tant d'autres dans les pages des livres saints. J'ai trouvé dans les descriptions détaillées des étoiles comme dans l'étrange danse des atomes plus de secours, de charité même, que dans ce que tentaient de m'enseigner les prophètes. La vie m'apparaissait plus géné-reuse lorsque je l'observais avec le bel espoir un peu trem-blant du chercheur plutôt qu'à la façon de l'homme pieux, pénétré de son attente si aride.

Or la science elle-même a ses limites. Même ses touchantes preuves ne m'ont pas suffi. Aux tâtonnements du savant, j'ai préféré les méditations moins prudentes de l'écrivain, et la longue habitude d'écrire des livres. Je ne l'ai pas regretté : je dois aujourd'hui la moitié de ma force à ces pages que j'accumule puis assemble, et qui se dressent sur ma vie comme des mâts. Ce n'est pas que ces pages-là soient inoubliables. Je n'én relis quasiment aucune avec joie. J'y retrouve tous les défauts du sculpteur trop avide : une espèce de brusquerie est communiquée à cette pierre des mots, et la statue que je veux former se défigure. J'accepte ce sort, cette hâte d'un homme si pressé de vivre qu'il trébuche en chemin.

J'ignore comment le dire autrement : je ne suis pas arrivé à séparer, en moi, le travail de l'écrivain de celui de l'homme qui sans relâche questionne sa vie et le monde. On me pardonnera, j'espère, d'être si peu romancier, de m'exercer à la place à l'art difficile du puisatier et de compter si périlleusement sur le jaillissement des sources. Nous nous empiffrons de romans, d'histoires inventées. Pourquoi demandons-nous tant à la littérature de nous distraire, de nous étourdir, et si peu de nous éclairer, de nous soulever, de nous donner du courage et de nous rappeler à la beauté des choses ?

La vie est trop courte, bien sûr. J'allonge du mieux que je le peux cette durée. J'ai à peu près cessé par exemple de me soucier de mon âge, de voir dans ces calculs un entassement, et m'efforce d'y trouver en revanche un sommet où me tenir. De toutes les ententes conclues avec moi-même, c'est pour le moment la plus facile à respecter, puisque c'est aussi celle pour laquelle j'ai été le mieux préparé : vingt ans passés dans le petit *bungalow* m'auront appris comment regarder loin. Le long d'une ligne mouvante que j'ai tracée et qui ressemble à mes années de vie adulte, j'ai placé quelques repères utiles : une chambre, un ruisseau banal, un vieux *bat* de base-ball, un chien, un *bicycle*, deux ou trois lectures immenses, quelques visages aimés. Tous mènent aux livres que j'ai écrits, à ceux que je sens déjà s'aménager dans mes artères, dans chacun de mes actes et dans le moindre songe que je fais la nuit. Je n'en suis pas sûr, mais peut-être mon travail me sert-il aussi dans ce pauvre désir que j'ai d'ajouter un peu de temps à ma vie. Ces phrases que j'ai écrites il y a cinq, dix ou quinze ans et que je relis avec une espèce de stupeur me renvoient l'image d'un homme qui vieillit. J'y reconnais néanmoins les mêmes émois que sur la page écrite tout à l'heure. Je m'étonne chaque jour de cette durabilité installée en moi, dont ne profitent pourtant ni le corps, ni l'esprit. Mais c'est assurément penché sur un cahier, un stylo à la main, que j'ai aperçu le mieux cette étrange étendue d'avenir qu'est l'éternité. Tout nous échappe. Ma vie elle-même, que j'ai l'effronterie de raconter, ne me paraît pas si singulière, ni d'ailleurs assez mauvaise pour être très longuement jugée. Mais elle fuit plus vite que moi et je n'ai que mes mots pour essayer de la fixer. Cette entreprise est l'un des seuls mirages contre lesquels je n'ai pas lutté.

J'ai essayé de vivre moins en proie à cette constante fièvre des sens et de la pensée. Je tentais plus calmement de comprendre le monde. Je me mêlais à la foule et me pliais moi aussi à ses règles. Je partageais pour un temps ses habitudes et ses vertus, ses tentations d'absolu, ses bonheurs trop faciles, je revêtais ses chaînes. Puis je ralentissais imperceptiblement mon pas, et cette sorte de procession dont j'avais fait partie prenait les devants. On s'apercevait bientôt que je n'étais plus là. Car presque tout était beau sur la terre, et très vite on me retrouvait seul, caressant le museau d'un chien ou observant un ciel strié de météores. Que demandais-je à la vie ? J'ai tout voulu et tout aimé, même mes impitoyables faillites, pourvu que je reconnusse en elles le ferment d'une joie. Il m'est arrivé d'être extraordinairement accablé. Quoi qu'il en soit, je ne me souviens pas qu'un apaisement, et peut-être un bonheur, ne soit à la fin né de ces ruines.

Ma patience s'épurait : avec le temps, je devenais moins rêveusement pensif, plus recueilli. Puisque je n'ai pas voulu consacrer ce recueillement à un dieu, je l'ai tout entier offert à ma force, à mon indignation. J'ai mieux compris, en vieillissant, cette colère secrète, mélancolique, et qui est à côté de mon bonheur. J'ai consenti jeune, quoique douloureusement, à la pensée que j'allais un jour mourir. Toute ma vie pivote sur cet axe, ce bel arbre trop lourd de ses fruits. Mais l'idée que la beauté continuera après ma mort m'insulte. Il n'entre dans ce sentiment aucune jalousie : je tiens à ce que ceux qui me succéderont puissent comme moi considérer comme un jour perdu chaque jour qui passe sans émerveillement. J'ai réfléchi à l'origine de ce goût jamais démenti pour la magnificence des choses, à laquelle d'ailleurs n'est pas étrangère une certaine violence, un idéal d'harmonie, d'équilibre entre les forces accordées aux êtres et la dureté de la nature. Je l'ai retracée dans les lectures que je faisais de nos encyclopédies, de ces dictionnaires que je transportais jusque dans l'orme ou à bord de la chaloupe du lac Simon, lors de nos excursions sur l'eau. Je concevais alors ces ouvrages moins comme des tentatives d'explication du monde que comme un brutal concentré de merveilles, un aperçu puissant de la poésie de ce monde. Je ne sais pas bien si j'y suis parvenu, mais j'ai souhaité plus tard être capable d'exprimer dans mes propres livres ces choses que j'apercevais sur la terre et que m'avaient révélées nos dictionnaires. Le métier de poète m'a semblé le mieux fait pour cette tâche. J'ai cru l'adopter. En réalité, je crois de plus en plus que je ne suis en somme qu'une sorte de fouilleur plus dévoué que les autres. Beaucoup des poètes que j'ai rencontrés étaient étrangement peu pragmatiques. La plupart ne paraissaient pas savoir ce qu'ils faisaient. Je ne suis pas comme eux. Je reste inébranlable, intelligible et indigné.

Et cependant j'ai accueilli avec une étrange tranquillité l'un des événements les plus douloureux de ma vie. Maman mourut à la fin de l'été 2001, au terme d'une maladie qui lui avait infligé une insoutenable déchéance. Nous la vîmes s'éteindre sous nos yeux, après trois jours et trois nuits d'une veille patiente, désolée et, par moments, tendrement enjouée. Notre première pensée fut pour ce qu'elle nous laissait : cette façon unique et durable d'agir sur l'essentiel, tout ce qui affecte vraiment le bonheur et la souffrance. Comme au temps de l'enfance, nous fûmes fort peu attentifs, à l'église, aux paroles du prêtre qui présidait l'habituelle cérémonie : nos pensées étaient plus graves que ces bavardages-là, toujours trop simples, trop faux et, surtout, si peu émouvants. Bien sûr, nous avions changé : nos caractères avaient fleuri et, ça et là, avaient peut-être porté un fruit. Nos natures mêmes s'étaient modifiées, et aussi tous les traits dont nous avions senti en nous, justement parce qu'ils étaient malléables, la forme humaine. Mais nous remarquions que le temps n'avait en rien transformé notre point de vue sur Dieu ou sur la religion. Toutes ces vieilles bêtises continuaient à nous indifférer prodigieusement. Mis à part quelques épisodes heureusement toujours brefs, nous ne songions plus guère à tout cela depuis plus de trente ans. Nous n'y songeâmes pas davantage au moment de recouvrir de terre l'urne de maman. Au cimetière, l'enterrement fut sobre. Ce début d'automne, cet éclairage tout à coup plus bas, jeté sur le monde comme pour en adoucir les angles, s'accordait avec notre solennité non pas légère mais délicate. Le ciel vide, immobile, privé de cet invisible mouvement que lui donnent les avions et les oiseaux, se penchait comme nous au-dessus d'une tombe. Une fois les adieux prononcés, nous nous chargeâmes nous-mêmes de remplir le trou. À la fin, Jean-Luc réalisa qu'il venait de perdre sa montre. Nous dûmes reprendre nos pelles, creuser la terre fraîche et, les genoux dans l'herbe, fouiller de nos mains le sol meuble recouvrant les cendres de notre mère. Ce fut un moment de parfaite communion avec la morte. Nos rires contenus, nos plaisanteries plus douces que d'habitude, furent plus précieux et plus utiles que toutes les prières.

Ma vie devint plus secrète. Le corps et l'esprit simultanément s'accordèrent le silence que l'on trouve dans les profondeurs extrêmes. J'attends le jour où l'on cessera de répéter si curieusement que le chagrin est utile. Trop de gens lui prêtent encore des vertus qu'il ne possède pas : il n'y a rien à apprendre de cet ignoble arrêt de la joie, aucun aspect de la sensibilité, de l'esprit ou de la volonté ne se bonifie sous l'autorité de cette violence mêlée de pleurs. J'eus la chance que mon chagrin soit moins profond que mon bonheur. J'ai attendu. Ma joie, comme toujours, a refait surface. Je n'ai rien appris de ma peine, mais j'ai tout exigé de cette ombre momentanément allongée sur ma vie.

Je réfléchissais mieux, et plus longuement. Il m'arrivait d'entrevoir l'homme que j'aurais pu être. Je songeai beaucoup, à cette époque, aux gestes que j'accomplissais quelquefois sans y croire, aux pensées utiles que je ne transformais pas en actions, à ces paroles que je prononçais trop tôt ou trop tard et qui n'avaient pas encore, ou n'avaient plus, la force nécessaire. Je ne regrette pas grand-chose de cet être imaginé, et certains jours deviné, qui se dissimulait derrière celui que j'étais : il me semble qu'à la fin, lorsque le temps sera venu d'établir un bilan auquel je n'ai pas cessé de songer, j'aurai mieux fait que lui. J'ai dressé la liste de mes fautes. J'ai même tenté d'apercevoir celles que je commettrai encore et qui déjà s'organisent au fond de ma poitrine, qui profitent d'une espèce de crevasse, de fracture du sol en moi-même. Je consentais à ces erreurs prochaines comme j'avais en somme consenti à la mort de maman. C'était ce qui avait le plus changé : je ne luttais plus contre l'inévitable. Et cependant je ne devenais pas fataliste : l'ennui, l'ignorance, l'impatience, la dureté, tous les mécomptes d'une vie trop en proie à l'inutile et à la dispersion pouvaient encore être tenus en échec. À intervalles plus ou moins réguliers, j'avais rencontré tout cela en moi-même. J'avais bataillé de mon mieux contre ces traits qui sont ceux auxquels tout homme se heurte s'il accepte un tant soit peu de se faire face. Affronter ces périls ne fut pas si difficile cependant, parce que j'avais appris chaque jour, dans le petit *bungalow*, à ne pas me craindre moi-même. Je reconnais volontiers l'héritage de ma mère dans ce courage dont est constitué aujourd'hui l'essentiel de ma force.

Nous assistâmes tous à sa mort, lente mais somme toute paisible. Un long silence, le plus ému que nous connûmes jamais, nous réunît autour du petit lit pour un dernier regard sur ce visage aimé. Jean-Luc émit à un moment l'idée loufoque que l'âme de notre mère, en ces premières minutes de sa mort, flottait peut-être encore autour de nous. L'image nous arracha un sourire. À nos larmes discrètes se mêlèrent quelques blagues. On ne pouvait jamais très longtemps enlever à ces six caractères leur disposition naturelle à la joie. Mais penchés sur maman ce soir-là, il nous était impossible de nier que déjà plus rien ne subsistait de cette vie hier encore si solidement attachée à la nôtre. Nous posâmes nos lèvres sur ces paupières à jamais fermées.

Papa, épuisé, rentra se coucher à la maison en attendant la suite des événements. Quant à nous, nous laissâmes là le corps et passâmes dans la cuisinette. Je ne sais plus lequel de mes frères prit le téléphone et commanda une pizza. Ce repas nocturne, cette bande de jeunes gens endeuillés mais détendus, rieurs et affamés, étonnèrent le concierge et les quelques infirmières de garde. Chacun de nous pourtant, à tour de rôle, allait jeter un œil, par la porte entrebâillée de la chambre, sur le lit où maman reposait encore. Mais tous nous sentions bien que la vie continuait.

J'ai reproduit fidèlement cette scène, quelques années plus tard, dans un roman intitulé *Ceci est mon corps*. On y retrouve Jésus entouré de ses cinq frères et sœurs, partageant sereinement un repas dans le jardin de la petite maison de Nazareth, une heure après la mort de Marie. J'ai été heureux de fixer dans ces pages-là la soirée que nous avions vécue, traversés par un chagrin dépouillé d'agitation. Je ne relis jamais ce passage qu'avec une certaine émotion, surtout parce qu'il me rappelle l'essentiel de ce que mes frères et ma sœur m'ont appris. Et il est vrai que j'ai décrit dans mon petit roman des hommes et des femmes qui leur ressemblent, courageux et impeccablement émus, que la mort trouble sans les détourner de leur aptitude au bonheur.

15

Je connaissais presque tout des gens que je côtoyais. À part sans doute quelques secrets à jamais dissimulés, et qui devaient le rester, rien de leurs pensées, de leurs songes, de leurs délires ou de leurs recueillements ne m'avait échappé. Je n'ai pas la frivolité qu'il faut pour affirmer que ces êtres, ou leur existence, étaient simples. L'exorbitante complexité de l'aventure humaine ne se réduit pas à quelques opinions, à cette liste de préjugés que nous prenons trop souvent pour notre perspicacité. Si j'étais capable d'évaluer et, dans mes meilleurs moments, de comprendre ces gens-là, c'était précisément parce qu'ils me ressemblaient. Je fréquentais l'étudiant ambitieux, auquel l'inexpérience conférait une assurance excessive mais touchante. Je m'approchais de l'homme vieux, penché sur le monde et sur sa vie, jetant rétrospectivement sur tout cela un regard d'architecte ou de démolisseur. J'étais obsédé par l'amoureux brisé qui n'avait pas prévu connaître si tôt la fin de l'amour. Je reconnaissais l'artiste occupé du mélange de ses couleurs, sûr de son talent, mais se souciant toujours de son possible tarissement à venir. Et à quelque distance, comme en retrait d'eux et de moi-même, il y avait aussi ce personnage solitaire, insaisissable, qu'inventaient tour à tour ma mesure et mon caprice, et pourtant si réel que je sentais parfois à travers lui le tremblement d'une petite feuille mortelle. Il n'existait pas non plus de mystère dans ce témoin sévère et silencieux de ma vie : j'étais familier avec ce fantôme vrai que j'appelais mon âme.

La nature, elle, restait mystérieuse, et quoique que je l'eusse bien davantage fréquentée que les hommes, je ne me lassais pas de ces paysages, de ces bêtes, de ces sons. Cette existence si peu humaine continuait de m'attirer et de me troubler. Je me hâtais encore vers ce monde des arbres dressés comme pour s'élancer mais qui ne s'élancent pas, je me mêlais à ce désordre de branches, de pépiements et de renards. J'ai pu vivre à une certaine époque de ma vie sans beaucoup de gens autour de moi : l'encombrant reflet que les hommes me renvoyaient de moi-même me forçait à une solitude que j'ai fini par aimer, puis par prolonger. À la longue, je n'ai plus eu tant besoin d'eux. Cette quasi séparation d'avec l'humanité fut plus facile que mon éloignement des grands paysages naturels. Il ne me serait plus possible aujourd'hui de vivre très longtemps sans le voisinage d'une forêt. Il est trop tard : les quatre ou cinq chevreuils qui viennent chaque soir manger le chou que je dépose pour eux sous le hêtre m'ont trop laissé m'habituer à leur bouleversante douceur. C'est le même émoi, ou la même chaîne, qui fait qu'on trouve si souvent un chien près de moi. Je me souvenais du jappement qui interrompait autrefois nos réunions dans la remise. Je savais déjà, lorsque nous nous élancions par-dessus la clôture de la petite cour envahie de pissenlits, que se préparait une espèce de destin : j'allais vivre, plus tard et jusqu'au bout, en compagnie des chiens. J'ai toute ma vie mêlé mon regard à celui de ces êtres si invariablement interrogateurs et stupéfaits. J'aurai vécu, en tenant un museau dans ma main, l'équivalent de ce que doivent vivre les dieux lorsqu'ils sont vénérés. À la fin j'ai rejeté cela, parce que je mesurais alors mieux que jamais ce que l'idolâtrie contient d'avilissement non pas pour l'idolâtre, mais pour l'idole elle-même. Et puis, les chiens vivent treize ans. Je n'ai pas voulu leur faire perdre le peu de temps dont ils disposaient avec un dieu. Il n'empêche, une si inusable allégeance d'un animal envers un être humain m'apaise, me guérit peut-être d'une inquiétude sourde. Quand je me fatigue de vivre auprès des hommes, il fait bon sentir encore contre ma jambe la solide musculature d'un chien plus confiant que moi.

L'absence de maman laissait ses traces. Le pivot autour duquel tout s'était articulé n'existait plus : en moins d'un an, notre famille se dispersa comme un parfum. Les rendez-vous du dimanche à la maison familiale s'estompèrent, puis cessèrent. Nos anniversaires mêmes ne furent plus célébrés en commun. Certes nous demeurions très liés les uns aux autres, mais ce lien n'appartenait plus au monde indivisible auquel la tendresse d'une mère nous avait habitués. Papa tenta de reprendre ce rôle de rassembleur autrefois tenu par maman. Il n'y parvint pas. À la fin, nous nous lassâmes de nous réunir autour d'une table jonchée de vis et d'écrous, de morceaux d'appareils béants, vidés de leur contenu, de l'écouter nous parler tandis qu'il avait le nez fourré dans ses soudures et ses branchements. Nous nous fatiguions aussi de l'entendre nous réciter la liste de ses statistiques. Notre curiosité, notre amour pour lui restaient intacts. Mais nous avions vieilli.

Un soir d'hiver, l'oncle Jean lui rendit visite. Ce héros bruyant, théâtral, n'avait pas changé. Il gara sa puissante et luxueuse Cadillac dans l'allée en klaxonnant bruyamment, puis sonna dix coups à la porte, une bouteille d'excellent whisky écossais dissimulée sous son manteau de loup. Tous deux se saoulèrent en évoquant le temps passé, maman, les enfants, la vie trop courte. Au milieu de cette beuverie incroyablement inhabituelle, notre père, les lèvres molles et le regard trouble, se plaignit de ce que nous ne l'aimions pas. Nous fûmes un peu déprimés lorsque, quelque temps plus tard, Jean nous rapporta cette confidence d'une extraordinaire fausseté. Nous nous consolâmes toutefois en songeant que, pour la première fois de sa vie, papa avait été ivre. Jean avait flairé comme nous cette dangereuse absence de débauche chez un homme de soixante-quatorze ans, écrasé depuis toujours sous le poids de sa vertu. Nous fîmes pour cela livrer chez mon oncle un bouquet de fleurs et une carte, sur laquelle la main émue de Jacques avait griffonné ces mots trouvés par nous tous : « Bien joué, mon oncle. »

Nous nous efforcions pourtant d'être à tour de rôle présents à ses côtés, d'amenuiser la solitude nouvelle à laquelle l'avait forcé la mort de maman. Mais nos efforts restaient vains. Cet homme à son aise avec tout le monde, bavardant de tout et de son contraire avec le premier venu, continuait de ne rien voir en quiconque, y compris en ses propres enfants. Nos preuves d'attachement, nos gestes les plus limpides restaient sur le seuil de son être, n'atteignaient pas cette région de l'esprit où certains faits éveillent en chacun la conscience d'être aimé, activent cette éblouissante compréhension de l'amour. Nous avions imaginé le drame terrible qu'est pour tout homme le fait de ne pas être aimé. Nous nous émouvions plus que jamais de celui, plus douloureux encore, que vivent ceux qui sont incapables de percevoir l'amour que les autres leur portent.

Le petit *bungalow* fut vendu. Tout avait commencé dans ce lieu inoubliable. Aucun de nous n'en doute aujourd'hui : ce passé nous accompagnera jusqu'au bout. Mais, comme toujours, nous lui préférons le monde de hasards, de rudes avantages et de beaux dangers dont est fait l'avenir. Le jour de la vente finale, nous vîmes sans tristesse, mais avec un étrange sentiment de renoncement, sortir par les fenêtres et s'envoler à jamais six très jeunes fantômes à lunettes habillés de leurs canadiennes.

À la résidence où il déménagea, mon père se fit rapidement, et bien malgré lui, une dangereuse réputation de séducteur. Cet être déjà vieux mais encore charmant, cet éternel naïf qui souhaitait seulement poursuivre la conversation abruptement interrompue par la disparition de sa femme, ne s'apercevait pas qu'il attisait par son extrême gentillesse l'appétit des vieilles pensionnaires. Nous étions les témoins pétrifiés de la formation, autour de lui, d'une sorte de cour. La sexualité cependant ne jouait pour lui aucun rôle dans ses petites prévenances amicales. Le drame était que ces veuves, flattées dans leur orgueil, croyaient exactement l'inverse et les prenaient pour des flirts. La plupart en effet s'imaginaient, avec une joie puérile, qu'il tentait de les attirer au lit simplement parce qu'il s'invitait chez elles afin de réparer une cafetière ou quelque autre objet. Lui demeurait le même : un homme suspendu, hors du temps et de la vie normale, maladroit et posant sans arrêt des gestes d'une ahurissante innocence. N'empêche : au jardin, dans les corridors, partout on commençait à chuchoter sur son passage. Les hommes surtout se scandalisaient. Une rivalité malsaine s'installa à la résidence des Cerisiers. Un jour que nous étions attablés avec lui à la salle à manger, un incident se produisit. L'un de ces hommes pétris de jalousie se présenta à notre table et, d'un geste spectaculaire et outré, tira d'un coup sec le coin de la nappe sur laquelle était disposé notre repas. La vaisselle de porcelaine se fracassa à nos pieds, tandis que nos salades et nos côtelettes s'éparpillaient sur le plancher. Il y eut un mouvement de panique. La majorité des mâles, laissant là leur repas, s'agglutinèrent autour de nous, l'air mauvais. Des femmes hurlèrent, d'autres au contraire furent comme frappées de mutisme, mais plusieurs se levèrent pour venir à la rescousse de papa. La confusion de cris, d'invectives et de gestes disgracieux qui s'ensuivit me permit de l'entraîner subrepticement dans le corridor, cependant que Jean-Luc et Benoît se jetaient dans la mêlée pour empêcher ces vieillards gonflés à bloc de se taper dessus. La directrice, appelée en renfort, parvint à la fin à calmer ces braves gens momentanément sortis de leurs gonds. L'incident s'ébruita et fit même l'objet d'un court reportage dans le journal local. Jacques reçut chez lui deux jours plus tard un bouquet de fleurs et une carte sur laquelle notre oncle Jean avait inscrit ces mots : «Irai demain aux Cerisiers. Apporterai whisky pour ton père.»

Mais, dans l'ensemble, la vie redevenait douce. Je m'étais finalement décidé, quelques années plus tôt, à m'établir à la campagne. Je vivais de plus en plus comme dans un songe cette existence inouïe, pénétrée d'une paix puissante, à l'écart d'un monde qui en est pour ainsi dire dépourvu. J'habitais ma maison comme on ancre un navire : j'y laissais mes jalons, mes sceaux. J'y soignais une partie de mes maux. Je continue de voir dans l'architecture même de cette demeure une allusion à ma chance. La large poutre qui, au sous-sol, traverse et soutient tout l'édifice a son équivalent dans ma vie : je ne l'observe, ne l'effleure jamais sans penser à Manon, ma compagne depuis plus de vingt ans. S'il n'en tient qu'à moi, je demeurerai dans cette maison jusqu'à la fin.

La fausseté, la sottise, la haine demeurent encore scandaleusement répandues. Quelques siècles ou quelques millénaires de contact étroit avec l'intelligence enfin mise au service du bien commun, en somme quelque temps passé dans un monde véritablement moderne, suffiront peut-être à affaiblir ces dérèglements de l'espèce. Je conçois mal, en attendant, qu'on se résigne à ce que l'amour et le plaisir de vivre durablement auprès d'un être que l'on choisit n'aient pas au moins la même force. J'ai depuis trois décennies consacré à cette pensée plus d'efforts et de temps qu'à toute autre. Rien à ce jour ne me prouve que j'ai eu tort.

Le 1er juin 1988, Ronald Wilson Reagan et Mikhaïl Sergueïevitch Gorbatchev signaient le traité de désarmement sur les missiles nucléaires intermédiaires. Une fois de plus, l'histoire récente du monde se mêlait mystérieusement à celle, infiniment plus stable, d'un Beauchemin : je rencontrai Manon ce jour-là et nous ne nous sommes plus quittés depuis. Il ne fut jamais question entre nous de mariage : nous ne nous émouvions pas de cette curieuse entreprise consistant à statufier les choses, à sangler le plus solidement possible deux êtres à leur avenir. Nous accordions davantage de confiance en ces deux existences qui, d'elles-mêmes, se reflétaient l'une dans l'autre.

Nous nous ressemblions, mais elle était mieux que moi. Je n'étais qu'attentif, alors qu'il m'aurait fallu être, comme elle, attentionné. Sa douceur valait mieux que ma simple patience. Nous étions selon les jours tous les deux simultanément paisibles, inquiets, pensifs, affairés. Et cependant elle ne partageait pas mon goût pour la gravité, pour ses dangers et les mystères qu'elle révèle à propos de l'âme. Je ne crois pas, par exemple, que les livres que je devais écrire plus tard l'attirèrent beaucoup. Ces pages dans lesquelles je tenterais de restituer du moindre objet humain un reflet à peu près juste la troublaient trop pour qu'elle s'y attarde longuement. Manon n'avait rien de frivole, mais ma fascination pour les cruciales obscurités des hommes la touchaient peu. Mon intérêt pour le désordre de l'être quand il se heurte à ses limites, à ses contradictions, ne l'émouvait pas davantage. Son intelligence se consacrait à d'autres faits, d'autres formes moins secrètes de la réflexion. Cet esprit qui pensait beaucoup et, par moments, souffrait tout autant, s'intéressait aux solutions pratiques. Je l'aurai beaucoup pris pour modèle, mais sans jamais parvenir à ses éclatants succès.

L'immensité, le silence du ciel nocturne lui faisaient peur. Elle ne comprenait pas que je puisse, les mains dans les poches, m'appuyer à ce ciel comme au chambranle d'une porte. Elle jetait sur ce monde-là des regards illisibles : de tous ceux que j'ai croisés, ce sont les seuls que je n'ai pas réussi à pénétrer. J'ai cru parfois y apercevoir l'inquiétant visage de l'éternité, sa fixité si pareille à la mort. Et il est vrai que Manon n'était pas faite pour ces pensées ouvertes sur l'infini, rappelant d'autant plus les limites de la vie humaine. Je l'observais vivre une vie de sage, marquée par l'humilité. Je pris vite l'habitude de cette femme conciliante et têtue, doutant de tout, solide pourtant. J'aimais ces yeux de panthère et cette sincérité d'adolescente secrètement blessée, variante plus souple, moins cassante, de la droiture. Son père, le plus libre des hommes, lui avait transmis une indépendance d'esprit que j'ai toute ma vie regardée comme un météore : il y avait dans cette belle pierre tombée du ciel quelque chose venu d'un autre monde, d'une époque lointaine, peut-être meilleure. Sa vie fut plus tôt et plus nettement tracée que la mienne. J'étais encore, à l'époque où nous nous sommes connus, au milieu de quelques années de facilité. Néanmoins l'incroyable jeu que fut pour moi mon passage à l'université s'acheva un jour, et je dus songer au travail. J'évaluais mes chances : elles étaient nulles. Je rangeai au fond d'un tiroir mes deux diplômes d'études littéraires et commençai à apprendre sérieusement mon métier. Dix années d'écriture gauche mais véritable, d'un labeur joyeux mais opiniâtre passèrent. Un instinct assez sûr me guidait. Je me rappelais pourtant les directives de mes professeurs, qui m'avaient encouragé à travailler à partir de plans, m'avaient astreint à la perspective organisatrice d'un cadre. Je me prenais les pieds dans ces filets, ces pièges que me tendait un vieux fond d'écolier distrait mais obéissant. Je décidai à la fin d'oublier tout cela : les mots, en définitive, décidaient de tout. Je comprenais qu'un écrivain est d'abord un lecteur : tous ces mots lus puis emmagasinés en moi chaque jour depuis l'enfance en appelaient d'autres, fertilisaient un terreau. J'aimais ressentir dans la poitrine leur poussée, que je rectifiais s'il le fallait par un minimum de technique, par l'action d'une imagination toujours soumise à ma volonté. Un songe domestiqué résultait de ce travail. Une ligne encore floue, mais plus ou moins continue, se dessinait devant moi. Je commençais à apercevoir le tracé de ma vie.

16

M a sœur a eu cinquante ans l'autre jour. Je m'attendais à un choc, au moins à quelques soupirs de sa part. Mais ce fût une journée magnifique, rieuse et profonde. Je consacrai une partie de la matinée à marcher lentement dans les rues. J'avais invité Christiane et mes frères chez nous : tous sont arrivés à midi, de ce pas si reconnaissable. À leurs éclats de voix se mêlait dans l'allée le rire non pas dompté mais contenu de ceux qui, entre deux formes de réserve, ont choisi la plus enjouée. Ces êtres gracieux à force d'être si complètement désinvoltes ont préparé avec Manon et moi le repas, que nous avons pris dans le kiosque au fond de la cour, là où commence la forêt. Autour de nous des oiseaux voletaient dans les feuilles. Au loin sur le lac, on entendait le huart lancer son chant douloureux. J'écoutais les rires, les voix. J'étais attentif à ces paroles que, depuis si longtemps, l'intelligence soulevait, parce qu'elle leur accordait ses quatre propriétés fondamentales : la finesse, la civilité, la lucidité et la drôlerie. J'observais ces visages moins parfaits, plus fatigués qu'autrefois et pourtant encore amusés, et ces mains que j'avais vues dédiées à des jeux d'enfants. Rien ne subsistait plus, sur les cheveux, de la pâleur de l'or. Mais ce jeune soleil s'était déplacé dans les yeux.

Je suis comme eux : mon corps lui aussi a vieilli. Déjà, il ne me sert plus aussi bien. Ce compagnon plus fort que ma pensée, plus vrai que beaucoup de mes maux mais moins durable que mes efforts, commence à céder à l'usure. Et je ne répéterai pas ce mensonge si répandu chez ceux de mon âge qui consiste à dire que l'esprit, que l'âme sont les mêmes qu'à vingt ans. Tous les deux ont bien changé, depuis. Il le faut bien, puisque le corps lui-même a changé. Mais je veux parler d'autre chose que de ces objets passagers, qui disparaîtront un jour dans la tombe. Ce n'est d'ailleurs pas tant la mort, peut-être lointaine, qui m'importe : elle continue le plus souvent de m'inspirer une sorte d'aise, d'immobile confort. Ce qui m'intéresse toujours, c'est le temps qu'il me reste à vivre auprès de Manon bien sûr, mais aussi auprès de mes frères et de ma sœur, ces êtres que j'aurai le mieux connus sur la terre, et qui me firent mieux l'habiter. Tout comme eux, j'avais ressenti en leur compagnie, à l'époque de nos jeux et de nos feux dans la dompe, que l'existence avait une durée illimitée, ouverte sur toutes les possibilités. Je ne saurais bien expliquer l'urgence de vivre que nous éprouvions pourtant et que nous nous transmettions. Une intuition nous laissait peut-être déjà sourdement entrevoir que notre séjour ici-bas ne serait pas autant que nous le souhaitions pourvu d'avenir. J'ai toujours beaucoup observé les vieillards. J'ai fini par me dire qu'ils doivent discerner en eux-mêmes le sentiment étrange d'être à la limite de la réalité. Ne s'apprêtent-ils pas à sortir de la vie, à ne plus faire partie de la matière, à ne plus ressentir l'émouvante solidité des choses ? Il y a une urgence dans cela : il faut se dépêcher de vivre encore avant que l'existence ne s'éteigne à jamais. Je crois que, sans nous en douter, nous expérimentions nous aussi cette urgence. Il nous fallait nous hâter, parce que nous nous apercevions que nous étions nés vieux.

Nous avions eu nos modèles, nos guides : nos tantes Marielle et Olivette, l'oncle Jean, notre grand-oncle Wallace et, bien sûr, Mireille. Nous avions vu dans les yeux d'Olivette un peu de la beauté du monde. Marielle nous avait au moins en partie révélés à nous-mêmes. Grâce à Mireille, nous nous étions enfin détachés du pieu qui nous gardait confinés dans l'enfance. Jean nous avait appris que c'est par le rire qu'on approche le mieux les choses les plus graves. Wallace nous avait initiés à la magie. Il nous restait, après cela, à nous mesurer à l'insondable et terrible épaisseur des faits. Nous n'étions pas immortels. Nous l'ignorions. Ce n'est qu'en sortant de l'enfance que nous avons compris le peu de temps qui nous était accordé pour vivre. Nous n'avions pas prévu cela. Nous étions restés un moment plantés là, la bouche ouverte. Ni la déception, ni même l'inquiétude n'avaient alors traversé nos esprits, nos cœurs si étrangement prêts à tout. Simplement, nous fûmes comme abrutis d'étonnement.

Je n'oublierai pas nos chambres où un modeste plafonnier à deux ampoules de soixante watts équivalait pour moi au lustre rutilant des salles de bal. L'ingrate cour abandonnée aux pissenlits, cernée d'une clôture de guingois, ne s'effacera pas non plus. C'est là que j'ai absorbé l'essentiel, que je me suis accordé quelques ineffaçables années de préparation au métier d'homme, de rapports étroits avec la terre nue. J'avais cru vivre sans exemples, livré à moi-même, détaché de l'immense gabarit que constitue autrui. Je me croyais libre. Je ne m'étais pas aperçu du cordon qui m'enserrait la cheville. La nuit, lorsqu'un de mes frères se retournait dans son lit, le mouvement brusque de ma jambe au moins symboliquement attachée à la sienne me tirait de mes propres draps et me flanquait par terre. Quand je flânais dans la cour et que ma sœur passait, je lâchais tout, irrésistiblement entraîné à sa suite. Je fus sans même m'en douter ficelé pendant dix ans de ma vie à cinq autres personnes.

Mon frère Pierre, peut-être trop étranger à son temps, était davantage que les autres attiré par une solitude profonde, un retrait des affaires générales. Il me rappelle aujourd'hui beaucoup ma mère, qui observait les gens avec une méfiance sage et s'étonnait de les trouver à la fois patients et emportés, défiants et crédules, vains et sincères. Du silence de mon frère m'est venu l'intérêt, que j'ai toujours, pour l'étude du ciel nocturne. J'ai retrouvé dans la contemplation des astres ce même repos apparent d'un univers néanmoins sans cesse bouleversé parce qu'il s'y forme des mondes. La solidité de notre lien ne reposait pas sur les mots : toujours, les faits suffisaient. Et parce qu'il était plus circonspect, plus retiré aussi, il les étudiait mieux que moi. Ce front, au sommet duquel était planté un indomptable épi de cheveux, cachait l'esprit d'un spectateur plus attentif que les autres. Mon flair, une espèce d'acuité idéale des sens, faisait de moi un chien renifleur fiable. Mais je n'ai jamais possédé la clairvoyance subtile de mon grand frère.

Christiane exerçait encore une autre forme d'intelligence. La vivacité, l'entrain, une ahurissante facilité à unir un besoin d'amusement à une espèce de fermeté tendre formaient dans cette tête dure une pensée de lionceau. Sa spontanéité m'atteignait comme une flèche : ses paroles, fuselées, promptes comme l'esprit qui les concevait, décochées dans un grand rire, me soulevaient de terre, et on me trouvait chaque fois cloué au mur, interdit, pétrifié par tant de sincérité. J'y répondais par une absence totale de censure, un abandon foudroyant. Un code, un humour rare, exclusif à notre duo, s'étaient installés ainsi entre ma sœur et moi. Et cependant Christiane fut vite inquiète : l'ardeur de son caractère l'entraînait peut-être, au fil du temps, à considérer les choses avec davantage d'agitation. Je me suis souvent dit que c'est ce qui nous rapprocha le plus. Je n'étais pas agité, mais je sentais en moi un bouillonnement qui s'est très tôt communiqué à ma vie. Nos jeux partagés firent sans doute que nous entendîmes tous les deux, au même moment, le grondement d'un même orage. Je n'ai jamais su quel était cet orage. Je soupçonne parfois que c'est celui qui nous attend dans la vieillesse et qui confirmera cette brièveté si imprévue de l'existence découverte au moment où nous quittions l'enfance.

J'ai toute ma vie tenté de pratiquer la bonté. Je n'y suis parvenu qu'à intervalles irréguliers, et de façon incomplète, parce que cette qualité demeure pour moi trop incompatible avec la réalité d'un monde où la dureté est encore atrocement répandue. C'est pourquoi je trouve réconfortant d'observer vivre mon petit frère Benoît, depuis longtemps impeccablement placide et bon, poussant même cette bonté jusqu'au dévouement, sa forme la plus civilisée. J'avais vu cette attitude se faire jour au moment où, suivant nos traces, il refermait pour de bon derrière lui la porte de la première jeunesse. Une fureur d'enfant, autrefois nécessaire à sa survie, s'était alors évanouie chez ce garçon pour qui la drôlerie et le flegme étaient au fond les plus forts, les plus assurément naturels. Il est vrai que débarquer le dernier au milieu d'une famille de petits despotes patentés avait créé chez cet hypersensible une solide intolérance à l'oppression. Peut-être son habitude de sucer des glaçons fut-elle thérapeutique, un moyen comme un autre de se détendre. Quoi qu'il en soit, de l'indignation, Benoît passa au bonheur puis à la bonté. De nous tous, il fut celui pour qui vieillir se comparait le mieux au passage d'une saison à l'autre, à ce changement brusque mais accepté d'un monde tout à coup plus dur ou plus doux, et cependant inexorable. La fuite du temps ne semblait pas atteindre cet être fin, discret, pour qui rien n'était grave et qui trouvait tout supportable. J'ai tenté de suivre la piste étroite qu'il laissait derrière lui, mais elle s'effaçait aussitôt, précisément parce que son pas était léger, et qu'il était difficile d'imiter un homme dont l'empreinte, pourtant profonde, restait secrète.

J'ai souvent pensé m'engager sur un chemin plus ardu encore, celui que déblayait devant moi mon frère Jacques. Mais plus je scrutais sa vie, plus je la découvrais davantage que la mienne dévouée aux hommes et à l'action. Nous nous comprenions totalement. Et cependant, j'éprouvais l'attraction d'un autre monde que le sien. J'aimai très tôt la campagne. J'eus vite besoin de sa solitude et de son silence, et du tintement, au loin, du clocher de la petite église de bois. Rien n'est plus étranger à l'univers de Jacques, pour qui la ville demeure l'endroit où l'on peut le mieux se mêler à la tumultueuse existence des hommes. C'est surtout le lieu où l'on sait le plus commodément agir à leurs côtés, unir sa propre force à la leur et tenter, par cette impulsion multipliée, de transformer la vie. J'avais oublié, en l'observant un peu rapidement, que Jacques marchait à la suite de ces gens qui donnent à l'histoire l'équi-valent de la poussée des grands navires appareillés pour une traversée plus rectiligne. Plus d'une fois, je me suis émerveillé de son combat opiniâtre, de sa ferme douceur. J'ai été fasciné par la vie intérieure, ce bourgeon à la croissance lente et rêvant, dans l'ombre, d'un soleil moins intermittent. J'ai consacré à la mienne une part importante de mes capacités de confiance, de sens pratique et d'accord. Mon frère, moins hanté que moi par les grands mécanismes de l'âme, avait préféré mettre tout cela au service de la société des hommes.

Nous avions tous en commun une sorte d'aisance grave, une affabilité de vieux chien reconnaissant. Jean-Luc n'était pas moins facile d'approche. Mais sa légèreté d'autrefois, lentement devenue plus soucieuse, révélait un homme absorbé par une quête que nous n'avions pas. Le temps allait nous manquer, nous savions cela. Nous finissions pourtant par moins nous en préoccuper, ou nous en préoccuper moins pensivement. Jean-Luc quant à lui n'a cessé de se hisser sur la pointe des pieds et de regarder au loin, de mesurer sa quantité d'avenir. Je crois qu'il cherchait plus que nous à déployer son destin. Son imagination, à la fois plus douce et plus embrasée que celle de la moyenne des hommes, se désolait à l'idée de ne pas vivre chaque jour à la hauteur de ses propres capacités. Nous étions différents de lui. Ce n'est pas, bien sûr, que nous attendions stoïquement la mort : nous vivions au contraire avec la conscience violente qu'il nous fallait la faire précéder d'une existence attentive, sans cesse rectifiée, la plus exempte possible de flottements, de fausseté. Nous ne comptions toujours pour cela que sur nos propres aptitudes. C'est encore vrai à présent : ce n'est pas de transcendance ou de hauteur dont nous avons besoin, mais de profondeur. Nous ne levons pas le regard vers le ciel lorsque nous cherchons une réponse. C'est l'inverse que nous faisons. Nous entrons en nous-mêmes, et le plus profondément que nous le permet notre intérêt pour la justesse. Jean-Luc, lui, cherchait ailleurs, et autre chose. La vérité qu'il convoitait n'existait peut-être pas. Il y consacrait pourtant sa vie. Je l'admirais pour cela.

J'aurais pu exercer avec un certain bonheur beaucoup de métiers. Mais je me suis aperçu que toute mon enfance m'avait préparé à ne m'intéresser au fond qu'à une seule chose : l'âme humaine, ce lieu mystérieux où s'agitent nos songes d'immortalité et d'absolu. J'ai toujours aimé ce carrefour de contradictions, de désordre limpide. En vieillissant surtout, j'ai refusé de condamner ce désordre, en tout cas de le condamner trop durement. Au contraire, quand j'ai vu que les mots pouvaient l'embellir encore, je suis devenu écrivain. Et si j'écris ce livre, c'est en partie parce que ce que j'ai à dire s'accorde mal avec le bavardage lassant de ceux qui me croient nostalgique, tous ces gens aussi qui s'imaginent qu'il est plus simple de vivre lorsqu'on est heureux. À quoi bon le cacher : un fond de peine demeure en moi, dont je ne me défais que difficilement. Cela n'a rien à voir avec le passé à jamais perdu, pas plus qu'avec la question du vieillissement, du corps et de l'âme s'enfonçant dans l'âge et de l'échéance que tant d'hommes redoutent. J'hésite d'ailleurs à appeler peine cet autre versant de mon bonheur, cette joie souvent tenue en échec quoique toujours assez insistante pour s'aménager une issue jusqu'à moi. Ce n'était souvent que la face la plus obscure, la forme la moins libre de ma chance.

Je me suis rappelé ces nuits où nous allions observer Jacques dormir, cherchant un signe, un présage sur son corps immobile, dans son souffle désormais plus régulier. Peu de réponses étaient sorties de ces veilles hallucinées, de ces messes officiées par cinq enfants curieux et crédules. Mon propre sommeil était plus révélateur. J'ai songé ce matin aux lourdes siestes que je m'accordais, là-bas, sur le bord du ruisseau, après avoir mangé mon sandwich grossier. Une heure passait, puis le sifflet d'un oiseau, ou un souffle de vent coulant sur mon visage m'arrachait à un monde d'images fuyantes pour me ramener dans ce plus exact croisement de pensées et de sensations qu'est la réalité. De tous mes sommeils, ceux auxquels je cédais au milieu de cette nature furent les plus puissants. J'en revenais toujours étonné : l'humaine géométrie du monde, imprégnée un instant des restes de mon songe, me révélait tout à coup à moi-même. Je sentais dans ma poitrine s'attarder une peine joyeuse, se composer une joie triste, dont je sais aujourd'hui qu'elles forment l'inaltérable part de tous les êtres qui cherchent quelque chose. Il m'est venu récemment l'idée qu'il y avait dans ce ciel suspendu, ces oiseaux, ce ruisseau et ce vent d'une douceur quasiment surhumaine tout ce que mon père cherchait si vainement dans le ventre de ses appareils électriques : une vie nue, que nous voudrions posséder mais que nous comprenons mal, et dont nous devinons qu'elle nous échappe. Je n'ai, de toute ma vie, jamais prononcé de prière. Je me répète plutôt depuis quarante ans qu'il me faut, par la patience, par la pratique d'une juste indignation, par l'amour aussi, compenser le peu de temps qui m'est accordé. Et je m'étonne que cette pensée somme toute banale soit à la longue devenue le mot d'ordre de mon existence.

Je continue à me méfier des moralistes, des cyniques et des observateurs superficiels de ma vie. Ces juges les moins sûrs, qui me croient tour à tour plus léger et plus sévère que je ne le suis, attendent que je me repente d'une existence tumultueusement passée dans la résistance aux idées reçues, à cette paresse de l'esprit menant à une sorte de faillite de l'homme. Mais cette dureté, ou ce refus, n'était rien, et l'important est ailleurs. Au milieu de cette campagne où il y a quelques années j'ai placé ma vie, dans cette forêt dont je suivrai jusqu'à la fin les pistes, j'ai déjà fait le bilan d'une vie plus douce que les autres et que je quitterai un jour sans trembler parce qu'en son centre vécut un être davantage aimé que moi-même.

17

J'ai repensé souvent à la façon qu'il avait, sur son petit lit d'hôpital, de me parler de Bach. Je m'assoyais un instant sur le drap impeccablement plié, que son pauvre corps affaibli ne déplaçait plus guère. Le redoutable mélomane d'autrefois s'était tu, laissant sa place à un homme défait mais encore admiratif. Cette voix déjà rauque mais plus que jamais humaine témoignait pour la première fois peut-être d'un ravissement pur, d'une gratitude simple. L'essentiel demeurait : il était encore celui que j'avais connu, non pas calme, mais étranger à l'agitation du monde et séparé aussi de lui-même, l'incarnation d'une curieuse présence fantomatique. Et cependant je sentais bien qu'une sorte de fardeau pesait à présent sur lui, qu'il ne possédait plus désormais cette agilité de l'âme que la beauté fait quelquefois éprouver à ceux qui ont encore une vie devant eux. Néanmoins, je m'apercevais que l'étroit périmètre de temps où il se tenait maintenant ne l'effrayait pas, qu'il ne lui inspirait pas non plus de sentiment d'urgence. Ces heures sans durée, d'où il ne sortirait plus vivant, étaient celles d'un être qui savait trop bien qu'il était parvenu à sa fin et qui, pour cette raison même, ne voulait plus se consacrer qu'à la douceur terrible du monde. Il y avait de l'élégance dans cette attitude où toute trace de futilité et d'ennui avait été effacée. Son état empirait, mais comme toujours il rusait avec lui-même. Je l'ai vu jusqu'à la fin opposer à son corps épuisé, encore diminué par les médicaments et la douleur, une farouche volonté d'intensité. Cette résistance n'était pas une lutte contre l'inexorable : il souhaitait la mort, puisque la mort à court terme n'était plus évitable. Il restait pourtant dans cette âme mourante suffisamment de l'émotion reliée à la beauté pour en souhaiter la prolongation encore un jour, une heure. Le découragement cependant le gagnait. Il se trompait lorsqu'il affirmait mourir sans avoir goûté à l'essentiel : il mordait à la fin dans le fruit que la musique de Bach avait laissé croître en lui-même.

On était en octobre. Pour la dernière fois de sa vie, il observait par la fenêtre les arbres nus, le ciel chargé de nuages. Il n'avait plus que cela, à présent : cette saison à traverser, à démonter peut-être, comme il avait depuis toujours démonté ses appareils. Je fis à son chevet ce que je ne m'étais jamais permis de faire en près de quarante ans. Je lui lisais des passages de certains des livres qui avaient compté pour moi. L'homme amaigri, au teint plus pâle que d'habitude, qui une heure plus tôt demandait naïvement à son médecin d'abréger ses jours, se découvrait encore capable de curiosité, d'étonnement. Il s'émouvait extraordinairement des pages décrivant les dangers et les incertitudes de la vie humaine. J'étais touché à mon tour par son saisissement. Il m'interrogeait : il ne comprenait pas pourquoi la poésie d'Aragon le remuait à ce point. Je ne savais que lui dire, bien que j'eusse l'habitude, parce que j'étais écrivain, de cette espèce de meule de pierre que sont les mots, grâce à laquelle on fabriquait parfois un pain grossier, mais partageable. Je me retrouvais dans cette posture incommode de celui qui, ayant choisi d'être toute sa vie l'élève, devient subitement le maître. La pudeur m'empêchait de jouer auprès de mon père ce rôle pour lequel j'étais par ailleurs peu fait. Je restais songeur. Et je ne lui répondais rien. Le soir, en sortant de l'hôpital, je relevais le col de mon manteau. Je roulais pendant une heure, puis j'apercevais à l'horizon la montagne et bientôt le village où j'avais choisi de vivre. Chez moi, j'aimais voir dans la lumière des phares mon chien se précipiter vers la voiture, attendre fébrilement que j'ouvre la portière.

De lointaines pensées lui revenaient. Il se souvenait de ses brèves années d'école, de certains camarades de classe injustement rejetés, ridiculisés par la plupart. Ceux-là ne partageaient jamais les jeux des autres. On s'amusait à leur arracher la tuque et à la lancer dans un trou d'eau. On leur cassait la gueule. Comme beaucoup, mon père avait assisté, impuissant, à ces divertissements cruels de l'enfance. Puis il avait aimé retrouver ces petits exclus dans le parc et jouer un moment en leur compagnie. Il lui était arrivé de les consoler. Il m'affirma qu'aucun calcul n'entrait alors dans son attitude. Simplement, il n'avait trouvé ces garçons et ces filles ni pires, ni meilleurs que les autres. Je lui suggérai qu'il avait peut-être été un sauveur, une sorte de petit Christ, mais sans les miracles et sans les stigmates. Il sourit à cette idée, la balayant d'un geste. Pourtant, quelque chose en lui avait subsisté de cette affection, de cette douceur divine. J'examinais ses mains qui, de toute sa vie, n'avaient pas commis un seul geste de violence. Des traits de sa personnalité s'étaient estompés dernièrement : le charmeur naïf ne réclamait plus d'être si impérativement aimé, le trésorier ne trouvait plus indispensable de faire régner sur sa vie la froide discipline qui n'avait fait que le raidir. L'obstination hautaine d'autrefois se changeait en une impatience docile. Mais il emporterait sa bonté avec lui dans la tombe. J'ai vu cette bonté survivre jusqu'au bout, dans ce cœur, cet esprit que tout le reste abandonnait peu à peu.

Il ne semblait pas réfléchir à ce qui l'attendait dans la mort. Je m'étonnais de cette apparente indifférence. Je lui demandai un soir s'il priait. Il n'était pas si vain de questionner ainsi un homme qui pendant plus de cinquante années avait chaque semaine chanté dans les églises. Il me répondit que la musique avait pour lui davantage compté que Dieu. Je consacrai toute la nuit suivante à méditer sur cet aveu. Il n'avait jamais été fervent, mais je le savais croyant. Voici qu'il n'attachait plus tant d'importance à sa foi religieuse. La mort, disait-il, ne lui inspirerait pas de crainte tant qu'il lui serait possible de s'émouvoir à l'écoute des *Cantates*, ou des *Chorals de Leipzig*. Près de quarante ans m'auront été nécessaires pour comprendre que cet attrait si profond que j'avais toujours eu envers la beauté m'avait été transmis par lui. Par je ne sais quel exemple souterrain venu de papa, j'avais moi aussi placé plus haut que tout cette idée que la beauté du monde, si elle pouvait être suffisamment perçue au cours d'une vie d'homme, valait mieux que n'importe laquelle des promesses du ciel.

Il se transformait étrangement. J'aimai beaucoup pendant quelques jours cette âme devenue pensive, décidée, et la clarté sombre de ces yeux las. Le fardeau d'hier s'était envolé : aucune lourdeur ne venait plus fausser ce sentiment d'un bilan à faire, peut-être de comptes à rendre. Il expérimentait à présent cette gravité presque sans poids d'un homme parvenu à l'inévitable rendez-vous avec lui-même qu'au temps de son bonheur et de sa force chacun se fixe, et qu'il remet sans cesse à plus tard. Nous discutions de tout, et beaucoup des nécessaires mirages entretenus par la jeunesse. Celui qui présume de la permanence de la vie humaine nous occupa un moment. Un soir, il me parla longuement de maman. Ce fut l'heure la plus recueillie de ma vie : je n'interrompis pas ce bel hommage rendu à une morte dont il se souvenait avec une compréhension tendre. Un prénom démodé, mais à jamais beau à mes oreilles fut prononcé. Le rire discret, la voix ferme puisant sa force dans la douceur, le front toujours un peu penché dans la réflexion furent évoqués. Je restais attentif à cette description d'autant plus vraie qu'elle était faite par un homme à présent libéré de la majorité de ses leurres. Il y avait eu les jours de grand vent, de froid insupportable et de neige entassée sur le pas des portes. J'étais allé me mêler à cet émoi de la terre. J'étais sorti de chez moi, un foulard noué autour du cou, troublé moi aussi à la pensée de ne plus jamais revoir ma mère. Heureusement mon père, en éveillant le souvenir du visage si calme, si sagement rêveur, réparait cette injustice. Il n'accordait par ailleurs aucun crédit à la dangereuse folie de ceux qui s'imaginent retrouver dans la mort les êtres qu'ils ont aimés. Je m'en réjouissais. Il se faisait tard, mais nous commencions à nous comprendre.

Il ne se résignait pas aux adieux. Il arrivait à croire à ce moment simple et pourtant d'une ahurissante majesté, beau à force d'être attendu, où les yeux se ferment pour toujours. Mais il n'acceptait pas que ce battement de paupières à peine plus désordonné que les autres le sépare de nous pour toujours. Tout le reste cessait lentement de compter. Les paysages avaient fini d'être des fenêtres qu'on ouvre sur un monde de formes, de songes et de ciels. Cette boue de laquelle avaient jailli des abeilles et des citadelles ne le préoccupait plus. Vers la fin, la musique elle-même n'était plus essentielle : le plus ancien des cordons le rattachant encore à la vie se dénouait. Et cependant, il lui restait une raison de vivre : il voulait encore faire partie de notre avenir. Il se chargea à la fin de cet impossible vœu. Sa mort fut une esquive de plus : sa façon d'échapper aux adieux sans se braquer contre une disparition devenue nécessaire fut de mourir seul. Nous fûmes appelés un matin au chevet d'un corps sur lequel on avait remonté une épaisse couverture. Mais ces membres inertes ne souffraient déjà plus du froid.

Jean-Luc arriva le premier. Les autres suivirent bientôt. Tous nous poussâmes la porte de la chambre de la même manière, comme on passe dans un tourniquet : l'un après l'autre, émus par avance de ce qu'on trouverait de l'autre côté, tenant chacun dans ses doigts un ticket d'entrée. Ainsi commençait une vie d'orphelins. De voir ainsi mon père humblement immobilisé dans la mort, décharné, gigantesque pourtant, me fit l'aimer beaucoup mieux que lorsqu'il tentait, maladroitement, de se grandir à mes yeux.

Nous n'avions jamais douté de son amour pour nous. Cependant, nous avions dû attendre quarante ans avant que se manifestent les premiers vrais signes de cet amour. Cela se produisit lorsqu'il comprit que, devenu vieux, il n'avait plus de temps à perdre. Il commença un jour à nous prodiguer d'étonnantes marques d'affection, toujours d'une formidable gaucherie, mais dont la sincérité était touchante. Il s'essayait surtout avec les mots. Ce n'étaient jamais que des paroles de petits enfants découvrant dans les histoires le pouvoir de la parole, et qui à cause d'elle s'étranglent un peu ou éprouvent de la peur. Nous comprîmes seulement alors ce que nous avions cherché pendant si longtemps : papa avait vécu comme un très petit enfant, ou un animal, ne possédant rien au fond que la vie. Nous lui en avions brièvement voulu, je crois, de n'avoir que si peu d'épaisseur. Aucun d'entre nous n'éprouvait plus ce sentiment lorsqu'il mourut. Nos visages penchés sur la tombe, nous sûmes tous les six qu'il avait été toute sa vie, oui, comme un animal qui ne comprend pas ce qui lui arrive.

Je conserve de ma mère une image nette. J'avais appris, ou deviné, chacun des secrets de cet être dont il ne reste aujourd'hui qu'une étrange poignée de cendres. J'avais cru recueillir au cours de ces semaines auprès de mon père de semblables secrets, les derniers résistant encore à un portrait resté longtemps inachevé. Son souvenir pourtant est encore aujourd'hui trop dispersé, comme constellé de trous. L'essentiel m'échappe à travers les mailles défaites du filet que je croyais avoir réparé dans la petite chambre d'hôpital. Qui fut donc cet être savant et inconnu de lui-même, dégourdi et maladroit, amical et austère, volubile et ignorant de la puissance des mots ? Finalement, j'ai renoncé à ces hantises désormais inutiles. Il n'est pas souhaitable, après tout, de dresser autour de ceux que nous aimons de telles murailles. Les encercler de nos bras suffit bien. Mes frères, ma sœur et moi-même ne faisions pas autre chose en nous réunissant dans la remise, dans nos chambres ou dans l'iglou, tout comme lorsque nous grimpions tous ensemble dans l'orme. D'une certaine manière, chacun livrait aux autres une partie de ses peurs cachées, avouait ses mécomptes et ses veuleries, rompait en partie le pacte privé qu'il avait scellé avec lui-même. C'était une heure bien employée, puisque nous nous connaissions à la fin beaucoup mieux les uns les autres. Surtout, nous apprenions à nous accepter tels que nous étions, à nous aimer, en somme, comme les chiens non seulement acceptent mais aiment l'invisible cage qu'est pour eux la caresse de leurs maîtres.

Je n'aurai pas possédé le rutilant *bicycle* mauve qui, chaque fois que j'ouvrais le vieux catalogue du *Canadian Tire*, embellissait mes rêves d'enfant. J'y songe encore quarante ans plus tard. Rien ne me laisse croire que cette image me quittera un jour : l'une de mes pensées en mourant sera pour le fougueux destrier de la page 12. Ce rêve ne sera resté qu'un rêve, une obsession, la longue divagation d'un esprit devenu peut-être trop tôt lucide. Au moins je sais reconnaître aujourd'hui ce que les souhaits irréalisés ont de salutaire. Ils nous attachent au temps, qui demeure leur plus proche allié : tout homme est vivant tant qu'il se consume pour quelque chose, ou pour quelqu'un. Je ne souhaite plus depuis longtemps acquérir le *bicycle* de mon enfance. Mais d'autres ambitions inatteignables sont venues remplacer celle-là, qui m'auront maintenu vivant. Je trouve bien dommage qu'on ne puisse retrouver dans l'au-delà ceux que nous aimions. Ma vie terminée, quand j'aurai traversé cette épaisse tenture ou ce voile léger de ma mort, j'irais volontiers démonter une tondeuse à gazon ou un four à micro-ondes avec l'aide de mon père. Mais ce n'est là qu'un de mes souhaits irréalisables.

La beauté est la chose la plus répandue au monde. La barbarie, l'injustice, la bêtise, tous les désordres du hasard ne sont pas venus à bout de la douceur des choses. Lorsque les hommes ou mon propre discernement ne le pouvaient plus, les livres, les musiques et les éblouissants émois de l'esprit, quelques jardins et certains paysages éternels me le rappelaient.

Cet automne où papa est mort a résonné partout de sourds galops. D'inquiétants tumultes me parvenaient alors. Une atmosphère de fuite éperdue et d'obscures auberges régnait sur ma vie. De ma fenêtre, je jouais avec l'idée d'abattre avant l'hiver le grand arbre fatigué qui menaçait de s'effondrer. Par ailleurs j'entendais aussi au loin les rires des chasseurs réunis à midi autour du feu de camp, occupés sans doute à griller le civet de lièvre arrosé de cidre. J'allais chaque jour cueillir quelques champignons qui poussaient à l'ombre du muret de pierres. Je rouvrais mes livres au hasard. Il y avait à peu près toujours dans les mots une présence. Je le dis sans honte : j'ai souvent préféré cette présence-là à celle des gens. Et cependant je continue à croire que tous, hommes, femmes et enfants, devrions nous unir et chaque jour frapper aux portes des maisons, brandir des pancartes, danser sur les trottoirs puis rappeler bruyamment aux foules la splendeur de notre monde.

Des profondeurs de l'enfance m'est venu ce livre, et l'image de mon père penché sur la table, ses lunettes sur le front, cherchant dans le mécanisme d'un grille-pain une explication au mystère de l'amour. J'aurai suivi jusqu'ici, au fond, le même parcours que lui. Comme lui, j'ai cherché une signification à donner aux faits, ce qui équivaut peut-être à chercher encore un peu plus de beauté. J'ai compris cependant il y a longtemps que l'objet de ma quête restera au moins en partie inaccessible. Cela ne m'attriste pas, puisqu'à mon incompréhension se substitue toujours un émerveillement auquel je continue de m'abandonner. J'ai découvert l'autre jour seulement cette chose formidable : c'est à mon père aussi que je dois l'apprentissage de cet abandon, qui fut l'un des piliers de ma vie. Lorsqu'il se détournait, impuissant, de ses appareils éventrés, il lui restait encore la musique de Jean-Sébastien Bach ou ses partitions d'œuvres pour orgue. Je ne doute pas que les *Chorals de Leipzig* ou les *Variations Goldberg* commençaient à résonner en lui tandis que, rechaussant ses lunettes, il rangeait ses outils. J'ai vu mille fois s'opérer en lui cette belle abdication. J'admirais cette façon d'accepter la défaite. Je l'ai en tout cas suffisamment aimée pour la reproduire dans ma vie. Un chant aussi montait en moi sur le bord du ruisseau d'autrefois. Je sais qu'il en ira de même tout à l'heure, quand je roulerai à toute vitesse sur l'autoroute pour aller retrouver mes frères, ma sœur et les enfants. Il est possible, après tout, que je souffre de cette curieuse dépendance affective évoquée jadis dans le petit *bungalow*. Cela ne me trouble plus guère. J'aime ces gens-là. J'ai formidablement besoin d'eux, c'est tout. Je songe encore beaucoup à quel point mon père aussi éprouvait, en dépit des apparences, ce pressant besoin de proximité. Je fais parfois ce rêve éveillé : j'entends sa cloche qui nous appelle. Mais cet écho lointain n'est sans doute qu'un autre des signaux venus du fond de mon avenir, le poignant rappel de cette vie si fugitive. Et c'est encore en pensant à mon père que je m'efforce d'honorer ce temps qui m'est donné, la chance inouïe qui m'est accordée de vivre auprès de cette étonnante famille.

Sainte-Anne-des-Lacs (Québec)
Hiver 2010

Pour joindre l'auteur :
jfbeauchemin@aol.com

93 - 121 à 127, 130, 137 à 142

GARANT DES FORÊTS
INTACTES

L'impression de cet ouvrage sur papier recyclé a permis de sauvegarder l'équivalent de 15 arbres de 15 à 20 cm de diamètre et de 12 m de hauteur.